Loredana Frescura
Marco Tomatis

Il mondo nei tuoi occhi

DUE STORIE DI UN AMORE

romanzo

FANUCCI EDITORE

Degli stessi autori abbiamo pubblicato:

Un anno dopo, l'amore

Di Loredana Frescura abbiamo pubblicato:

Elogio alla bruttezza

Prima edizione: febbraio 2006
Sesta ristampa: marzo 2007

via delle Fornaci, 66 – 00165 Roma
tel. 06.39366384 – fax 06.6382998
Indirizzo internet: ragazzi.fanucci.it

Stampato in Italia – Printed in Italy

Progetto grafico: Grafica Effe

Loredana Frescura
Marco Tomatis

Il mondo nei tuoi occhi

DUE STORIE DI UN AMORE

A chi un amore ha
a chi un amore avrà
a chi un amore ha perduto
a chi un amore cerca
a chi di un amore ha cura
a chi per un amore sceglie di lottare
e conserva pietre di luna...
perché credere nell'amore
spesso è rischiare
ma è vivere, sempre.

Un ringraziamento particolare a Cecilia Fabbri,
fata preziosa di questo libro.
Con affetto.

Costanza. Oggi

Costanza combina casini.

Casini grossi, come camion che trasportano altri camion.

Scusi tanto prof. non dirò piú casini. Lo so che non è opportuno e neppure indicato. Caos. Bellissima parola. Qual è la teoria del caos? Ah sí... un battito d'ali di una farfalla in Giappone può provocare un terremoto in America. Ho sbagliato stati, forse. Chi se ne importa. Va' dove ti porta la vita. E dove mi porta caro Babbo Natale? Alla stazione stupida di questa stupida città, davanti alle rotaie lucenti parallele. Sono parallele, ma se io adesso mi ci stendo sopra e le misuro con il corpo sono sicura di trovare almeno un paio di millimetri di differenza tra il chilometro 1 e il chilometro 2. Sicura. Mentono tutti. Ora ci provo. Mi stendo e dormo. Mentono quando dicono che diciassette anni è l'età benedetta dagli dèi. Mentono quando dicono che il tempo riesce ad aggiustare tutto. Mentono quando dicono che il peggio è passato e mentono quando affermano con tanta saccenza che d'amore non si muore. Anche nelle canzoni mettono le menzogne.

E non mi stendo affatto. Sta' a vedere che questi umani indifferenti a tutto per paura di partire in ritardo, vengono a salvare proprio me.

Perché lo lascio andare via? Perché?

Lui è là, sull'altra rotaia parallela anche lei, e se ne va. Per colpa mia. E io sto qui, dovrei stare a scuola stamattina che poi mi sembra sera e io mi sembro vecchia con i ricordi di cento anni e lo lascio andare via.

Lui è sempre là, con il biglietto in mano. Devi obliterarlo. Cavolo. Uscita tutta d'un botto, prof., la parola giusta. Convalidarlo, devi forare il maledetto biglietto altrimenti ti fanno la multa. Mi nascondo dietro a una fioriera. C'è una formica su una foglia. La tocco. Non scappa. Meno male. Devo essere felice. La formica non scappa. Lui sí.

Tre fermate ed è a casa. Solo tre fermate, che sarà mai. Lo rivedrò domani e chiarirò, magari mi metterò ai suoi piedi e farò la supplica. Ma se parte lo so, non torna. Non torna da me. Rimane nella sua scuola tecnica a imparare a fare le rotaie parallele.

La voce gracchiante di una femmina rauca annuncia che il treno sul binario 12 sta arrivando in perfetto orario. Anche lui è attento. Vedo gli occhi, nocciola. Le nocciole. Si schiaccia il guscio e quelle rotolano via. Quando mai un treno arriva in perfetto orario? Un altro po' di tempo. Magari trovano una borsa sospetta e chiamano gli artificieri; magari un passeggero distratto infila la mano nel freno di emergenza. Potrebbe capitare, perché non ora? Magari, magari.

Finalmente un po' di vento, cosí asciuga queste maledette lacrime. Le femmine piangono piú dei maschi. Questo è vero. Perché lui non piange. È cosí arrabbiato, ma che dico. Dolente. Sí, prof., ho ripassato il capitolo di Dante. La città dolente. Inferno: composto da 33 canti; Dante lo vede a forma di imbuto suddiviso in gironi. Io lo vedo come una stazione poco affollata dove il dolore va e viene a suo piacimento senza guardare in che binario si deve fermare.

Il vento fa scappare la formica. Diavolo d'un vento. I capelli si allungano in avanti, si arricciano verso l'alto e poi mi coprono la faccia. Asciugano il pianto dai capelli. Questa è ancora piú bella. Pure il Vangelo entra dentro la testa, stamattina. Il vento si gonfia. Anche la sua giacca a vento si gonfia mentre guarda il treno che arriva. Ha il muso di un uccello preistorico. Ha gli occhi di un predatore. E poi vedo che lui è felice di andare via. Sí, lo è. Aggiusta sulle spalle lo zaino, sposta il piede in avanti e la scarpa quasi argento macchiata di caffelatte si scopre e sta lí tutto il dolore. Nella scarpa, nella macchia. Sta proprio dentro fino al calzino. E nel sollevarsi chissà come il biglietto gli sfugge di mano. Lo porta il vento, ci pensa lui a convalidarlo. Non preoccuparti, amore. Per un attimo il vento lo respinge e poi lo innalza e infine, stufo del gioco, lo lascia cadere. È qui il tuo biglietto, vorrei dirgli. Ha solo sbagliato binario. Non posso farlo salire senza. La multa, il controllore, le balle sugli studenti che cercano sempre di approfittare, sui giovani che credono di poter avere tutto. Sarebbe troppo per lui stamattina. Vado io. Sta proprio tra le parallele. Cosí approfitto e le misuro. Sta su una traversina piena di fazzoletti sporchi, con la ghiaia come contorno. Sta qui, non preoccuparti. Lo vedo bene, è cosí luminoso, il tuo biglietto. Chissà perché è diventato luminoso. Forse perché lo hai toccato tu. Devi avere le mani piene di fluoro.

Perché adesso tutto questo rumore, perché?

C'è il sibilo, fortissimo. Una caffettiera che esplode. Le urla e le grida. Stride qualcosa. Cavolo, un attimo solo, devo prendere il biglietto. Ma che avete tutti? Non capite? Il biglietto è del mio amore che se ne va, se ne va da me. Abbiate un po' di rispetto. In fin dei conti un amore non è mai come un altro. È una sorpresa che ti coglie che strizza e che produce. Il caos. Ora lui vuole il biglietto. Anche questo è amore. Deve andarsene.

Per colpa mia. Costanza che combina. Caos.

Angelo. Oggi

Scema! Ti vedo. Sei là! Mi guardi! Ma cosa vuoi? Va bene. Guarda pure dalla mia parte. Tanto non ti dico niente. Non muovo un muscolo. Se mi vuoi parlare fatti avanti. Grida il mio nome, fai un segno con la mano, uno squillo, mandami un messaggio, chiamami con il cellulare, manda segnali di fumo, sventola delle bandierine.

Fa' quello che vuoi, ma sbrigati, il mio treno l'hanno già annunciato tre volte.

Binario 12

Eh già. Ho pure ripreso a leggere all'incontrario. Erano anni che non lo facevo.

Da quando, in quinta elementare, era arrivata una supplente terribile che urlava, dava bruttissimi voti, ti prendeva in giro e ti tirava le orecchie quando sbagliavi. E in quei mesi era morta anche nonna. E mi mancava. Mi mancava tanto.

E allora avevo ricominciato a fare la pipí a letto. E a leggere tutto alla rovescia.

No. Non i libri. Quelli li leggevo normalmente. Le scritte che incontravo per strada.

Drogheria
Panetteria
Elettrauto

Era una nuova lingua. Mia, solo mia. Che mi permetteva di uscire da un mondo che mi faceva soffrire ed entrare in un altro alla rovescia, comprensibile solo a me e in cui stare solo.

E odiavo i palindromi. Le parole che si possono leggere da tutte e due le parti. Li conoscevo a memoria, tutti.

Anna. Ingegni. Onorarono. Anilina. Ossesso. Ala. Afa. Non...

Turbavano il mio nuovo ordine. Mi facevano capire che la realtà non si può modificare solo leggendola al contrario, perché tanto rispunta sempre.

E anche adesso è una sequenza senza fine.

Vietato attraversare i binari
Servirsi del sottopassaggio

Comunque non ti dico niente. Non mi muovo. Cosí impari. Impari a non rispondere ai miei messaggi. Impari a sbattermi il telefono in faccia.

Chissà poi perché si dice sbattere il telefono in faccia. Da quanti anni non si fa piú? Per quanto ne so io, solo il nonno ha ancora un telefono da sbattere. Tutti gli altri premi il pulsante con la cornetta rossa, quella rivolta all'ingiú. Vabbè. Non importa. Cosí impari a premermi il pulsante rosso in faccia.

Quante volte l'hai fatto? Non le ho contate. Invece sí. Le ho contate. Me le ricordo tutte benissimo. Un giorno ti ho chiamato 15 volte.

Beep beep.

Poi due squilli.

E io immaginavo la tua suoneria, quella che ti avevo regalato io, che suonava, tu che prendevi il telefono in mano, e premevi l'altro pulsante. Quello verde. E poi di sentire la tua voce. «Ciao.»

Invece...

Beeeeep.

Chiamata terminata.

L'ho odiato, il display del mio cellulare.

E se provavo a richiamare?

«...*Messaggio gratuito... il cliente da lei chiamato non è al momento raggiungibile.*»

Se non fosse stata una voce registrata mi avrebbero denunciato, tante volte l'ho mandata a...

Ma tu non rispondevi nemmeno quando nascondevo il numero. E nemmeno quando ho chiamato con il telefono di Roberto. Hai visto il numero, l'hai riconosciuto e hai capito che ero io. E allora per parlarti ci ho messo una bella fetta dei miei soldi e ho comprato una scheda nuova. Scheda nuova, numero nuovo, sconosciuto a tutti. L'ho messa nel cellulare e ti ho chiamata.

Hai visto un numero sconosciuto e hai risposto.

«Síííí??» Avevi la voce delle grandi occasioni. Ma con chi credevi di parlare?

«Sono io» ho risposto un po' esitante.

Chiamata terminata

Maledetto display.

Sei stata velocissima a premere il tasto rosso. Come se ti fossi allenata tutta la settimana. E magari è cosí. Invece della pallavolo ti allenavi a premere il maledetto tasto rosso. E magari l'altra stronza, la tua amica, ti cronometrava pure.

E adesso ho due schede. E di una non so proprio cosa farne.

Arrivi
Partenze

Odio questa stazione. Sono stufo di venirci. Non mi piace il bar pieno di marocchini che gridano, di signore che spintonano, di gente con la stanchezza scritta in faccia a qualunque ora del giorno.

Non mi piace la luce al neon che non sai mai se fuori c'è il sole o piove, se è giorno o notte.

Non mi piace l'odore di fritto del self-service.

Non mi piacciono i panini di plastica nella plastica, che non sai cos'è che si può mangiare e cosa no, ma tanto è lo stesso perché il sapore non cambia. Sempre uguali, da un giorno all'altro, come se fossero dell'anno o del secolo scorso.

Non mi piacciono le cassiere che guardano tutti quelli dai trent'anni in giú come delinquenti.

Eppure quando ero bambino le stazioni mi piacevano. Mi piaceva il loro odore. Mi piacevano i binari che partivano verso l'infinito senza mai toccarsi. Mi piacevano i treni che andavano lontano e arrivavano da lontano.

Guardavo quelli che arrivavano dal paese dei nonni ed era come se mi portassero un po' di loro lí, accanto a me. Pensavo che forse anche loro avevano visto quel treno e un po' del loro sguardo me lo sentivo addosso.

Pensa, mi è venuto in mente anche per te. Quando aspettavo per venire a scuola e vedevo arrivare un treno proprio da questa stazione pensavo che tu magari l'avevi guardato. Magari avevi fissato proprio quel finestrino, quel disegno, quella scritta che in quel momento avevo davanti agli occhi. Come se sapessi che li avrei guardati anche io.

Adesso mi fanno schifo i treni. Puzzano. Ma perché il mio non arriva?

Sí! Lo so. Sei sempre là. Adesso il vento ti ha mosso i capelli e ti nasconde il viso. Mi è sempre piaciuto come si agitavano i tuoi capelli quando muovevi la testa.

Non sopporto di vederti lí. Girata verso di me. Con quella faccia disperata. Ma perché non te ne vai? Non c'è piú niente da fare. Niente di niente. Finito tutto. Tutto.

«Ehi! Ragazzo.»

Ma che vuole questo pancione, cosa ride a fare?

«Ragazzo. Sei proprio innamorato. Non vedi che ti è sfuggito il biglietto di mano?»

Occavoli! È vero! Dove è finito?

«È là! Sta andando dritto sui binari...»

Merda! E adesso mi tocca scendere sulla massicciata.

Ma che fa quella scema? È pazza!

«Costanza!»

«COSTANZA!»

Oh noooooo!

Costanza due mesi fa.
L'amore che viene

Fa' che sia lui. Fallo, spiritello leggero, in cambio ti offro una ciocca dei miei capelli. Ne fai un vestito per l'inverno. Maledetto cellulare, 'prende stretto' dentro l'aula di chimica. Quello di Chiara è migliore, ha tre tacche di potenza. Il nodo allo stomaco si stringe. Ho un dolore continuo.

«Che hai, sembri una zombie!»

«Niente, il solito, una volta al mese.»

«Allora fatti vedere, è la terza volta questo mese.»

Chiara precisa con i ricordi. Attenta. Mette sul calendario ogni cosa. Le mestruazioni, la luna crescente adatta al taglio dei capelli, la luna calante dedicata alla ceretta, il pomeriggio ideale per lo shopping. E se fosse davvero tutto cosí semplice? Mettere in fila le cose, una dietro l'altra, e controllarle.

Perché io allora non lo so fare? Da quando l'ho incontrato non riesco a pensare ad altro.

«Scusi, prof., mi ero distratta. La formula?»

«Sí, Costanza, la formula. Di cosa? Vorrai sapere. Certo, è un tuo diritto. Giochiamo a fuoco-fuochino?»

Le risate dei ventuno traditori, liberatorie. Non arrossisco. Ho imparato. Rido anch'io e deglutisco piano in modo che non si noti. Ritorno dentro me. Non riesco a pensare ad altro. Una specie di chiodo conficcato nel cervello. Il dolore chiama il dolore.

Se fossi veramente innamorata sarei felice, vedrei i cuoricini rosa appesi alle pareti dell'aula e ululerei alla luna.

Quindi che cos'è? Un lupo feroce che galoppa dentro lo stomaco e fa strage di villi intestinali e altre cose che si muovono.

«È la formula del bicarbonato di sodio.»

«Bene Costanza. Bentornata tra noi. Per quanto avremo l'onore?»

E adesso mi hai stufata cara carissima prof.ssa Pelli. Bionda e alta e ironica. Chiara neppure mi guarda. Il cellulare non prende. È una giornata schifosa. L'amore deve essere altro, ne sono sicura. Mica è possibile innamorarsi cosí di uno che vedi alla stazione, quasi perso tra i binari con lo zaino che penzola da una spalla e gli occhi quasi chiusi. Ho subito pensato che fosse miope e che avesse scordato gli occhiali o forse gli occhiali gli erano caduti finendo in frantumati. E Chiara che spintona per avere il posto vicino al finestrino, il treno che come al solito è in ritardo e Luigi delle caldarroste che allunga il cartoccio di carta bruna e mi prende in pieno sul braccio. E allora io cado come una pera cotta, in modo cosí poco elegante da dovermi scordare come si fa a non arrossire. Cado di sedere con le gambe sollevate, lo zaino attutisce il colpo sulle spalle, ma il dolore è niente paragonato alla vergogna. Ridono tutti. Chiara si tiene la pancia, la cretina, invece di aiutarmi. Ride anche Luigi e la signora con i collant luccicanti e con la gonna arancione che passa veloce con la testa girata. Donna arancione, donna di un tritone. Che possano cariarsi sette dei tuoi denti davanti. Poi qualcosa mi solleva. Una gru? Dentro alla stazione? Braccia lunghe, piene di ossa, e mani coperte da guanti. Ora sono di nuovo in posizione eretta e Chiara ha gli occhi sbarrati. Forse scorre sangue da qualche parte fuori del mio corpo?

Non ho neppure il fiato per chiedere. Ho un dolore terribile alla schiena e alla coscia.

Giro gli occhi verso Luigi e lo fulmino.

«Scusa Costa non l'ho fatto apposta.»

«Un cavolo» riesco a scialare.

La gru aggiusta il lembo della mia giacca a vento. La gru? Chiara lo guarda inebetita. Io riesco a mettere a fuoco. Quello miope. Non ride.

«Tutto a posto?»

E chi risponde? Dovrei avere una bombola di ossigeno nello zaino. Ora la prendo e me la ciuccio.

Mi prende una specie di prurito in tutto il corpo. Varicella. Morbillo tremens. Le gambe già provate si riducono a budini. Vacillo. Ha degli occhi, forse ne ha tre. Anzi sicuro. Ne ha tre. Tutti bellissimi. Come la luce cambiano colore. Mai visti. Veramente mai visto uno con tre occhi.

Poi sparisce. Come gli alieni. C'è un treno che arriva dal binario 12 e lui gli corre incontro. Sparisce ma non subito, là dove stava prima rimane impressa una specie di sagoma lunga e ossuta. E io mi perdo a guardarla. Divento liquida, acqua calda. Evaporo. Poi scatto anch'io. Anni di allenamenti hanno lasciato il segno dello scattista. Lo raggiungo prima che il treno si fermi.

«Ehi! Tu! Grazie.»

«Di niente. Ma davvero è tutto a posto?»

«Credo di sí.»

«Bene. Sei caduta bene.»

«Si può cadere bene?»

«Certo che sí. Fai sport vero?»

«Pallavolo.»

«Io calcio.»

«Piacere.»
Ride, adesso.
«È un riflesso strano, quello di ridere quando qualcuno cade.»
«Però tu non hai riso.»
«Solo perché hanno riso tanto di me. Mi sono ricordato.»
Uno che si ricorda. Niente male.
«È questo il tuo treno?»
«Sí, tre fermate e sono a casa.»
«Mi lasci il tuo numero? Cosí se cado di nuovo ti chiamo.»
Audace. Mi sento audace e un po' stupida. Stupida di piú.
Ride di nuovo e sembra che ridano anche i finestrini del treno. Si apre un mondo quando ride. La voragine del mondo, come la Bocca della Verità che non sai mica cosa può esserci là dentro. L'inferno. I ricordi. Le cose pensate da altri e buttate via. E poi arriva l'odore. Gelato al pistacchio. Ha l'odore del pistacchio. Il numero.
Lo memorizzo. Subito. Numeri facili e molto belli. E non è un alieno. Un Angelo. Angelo. Lo dice sottovoce come fosse un segreto. Io lo ripeto cinque volte. Le dita di una mano. Poi provo con l'altra. Sempre bello. Vorrei urlare: io Costanza. Ma non so se la voce esce. Forse un 'Cstza', un nome di un pianeta da scoprire. È che qualcosa raschia dentro la gola. Lo guardo e penso a una gru di nome Angelo. Stupida di piú. Penso solo che se faccio questo numero che ho nella testa risponde Angelo. E sento la voce di pistacchio. E qualcuno mi tiene in piedi. Importantissimo, perché ora tutto gira. E poi il treno parte. Ondeggio. Però riesco ancora a stupire me stessa. Sul finestrino sporco di grasso e di smog dietro al quale si è seduto, muovo il dito e scrivo il mio di numero, al contrario in modo che lo legga piú facilmente. Scrivo e mi allungo zoppicando dietro il treno

che va. Prima che il finestrino diventi un'ombra indistinta, vedo di nuovo il suo sorriso. Ancora qualcosa di liquido. Sciroppo di mele. Profumo di zucchero. Caramella al limone. Giú per la gola secca.

Chiara mi raggiunge e mi prende per lo zaino.

«Ma sei matta?»

«Lasciami sognare.» Forse esce un 'Lscmi gnre'. Frase aliena. Come è normale.

Capisce cara e carissima prof.ssa Pelli? Che la chimica adesso è fuori luogo, come la neve in agosto.

Se vado in bagno, forse aprendo la finestra il segnale è piú forte.

«Falla finita, chiamalo tu.»

«No, io no.»

«E perché? Figuraccia piú o figuraccia meno.»

«Sei davvero un'amica.»

«A questo servono gli amici. A ricordare quando uno esce di testa. Sembri rimba.»

«Sarà il freddo. Forse nevicherà, almeno cosí dicono.»

«Ora il freddo ti arriva davvero. La prof. ti vuole alla cattedra. Ti interroga.»

Non è possibile. Quanti passaggi mi sono persa? Il mondo ha girato troppo in fretta.

«Scusi prof.ssa, vorrei giustificarmi.»

«E di cosa Costanza? E per cosa? Per carità, non ce n'è bisogno. Un 3 e ti faccio anche le mie congratulazioni. Deve essere piú importante del bicarbonato di sodio questo essere umano che ti riduce il cervello in poltiglia.»

Nessuno si muove, questa volta. Se non interroga me, allora sanno che toccherà a qualcun altro. 3 in chimica. E chi lo racconta ai miei? Nessuno. Non lo racconta nessuno. C'è il maledetto computer a fare la spia. Il preside ha voluto l'informatizzazione dei registri. Neppure in un incendio si può piú sperare. Solo i black out si possono invocare. Senza elettricità il maledetto se ne starà zitto.

Bah. Recupererò. C'è sempre il tempo per recuperare. L'importante è che chiami. Forse ora anche lui è stressato da un'interrogazione, oppure sta raccogliendo da terra un'altra imbranata che è caduta.

Il dolore allo stomaco aumenta. Le budella si torcono. Se incrocio le dita, forse chiama. Se penso intensamente che il maledetto suoni, allora sentirò la vibrazione. Non è forse vero che ciascuno di noi ha dei talenti nascosti? Forse io ho la capacità di far accadere le cose. Come funziona allora? Ci fosse un pulsante da premere, una password da cercare. Ci fosse una maledetta formula da imparare a memoria. Io ho una memoria formidabile. Chiamami. Angelo.

Un'altra tacca! Ora prende bene. Ti prego, ti prego. Chiamami.

«Smettila di muoverti sulla seggiola, fai tremare il banco.»

«Che stai facendo, Chiara?»

«Ah, ma allora? Guarda che questa è l'ora di matematica, quello è il prof. Alberti e questo foglio contiene il compito in classe. Basta, Costanza. Sei scema o ci fai?»

Dio. E tutto questo quando è accaduto?

L'amore che viene è devastante. Non è solo una tempesta. È una bomba che ti fa rimanere senza udito, né vista; che cancella il senso del tempo. Sparisce ogni cosa. Spariscono i colori e gli odori e i sapori. Sparisce ogni altro essere umano e rimani solo a contemplare il nulla. È terribile. L'amore che viene. È bellissimo. Tutto quello che era non è mai stato e tutto quello che verrà è un sogno. L'amore che viene. Non esiste il presente. Capisce prof., niente presente né del modo indicativo né del congiuntivo. Al massimo il condizionale. Bisogna vivere o nei ricordi o nel futuro, in attesa di lui, della bomba, che arriva.

Ti prego, gru, telefona. Voglio sentire la tua voce di

pistacchio. Voglio diventare una caramella al limone. Spiritello lieve, ti faccio una pelliccia se fai vibrare questo coso maledetto. Che ti ci vuole? In fondo gli spiriti vanno dentro le teste delle persone e ci mettono le cose che vogliono. E poi tra angeli e spiriti non dovrebbe esserci una specie di amicizia? Un aiuto reciproco, perlomeno. Una specie di mutuo soccorso.

Caramella al limone. Bah. Ho sempre detestato il limone.

Angelo due mesi fa.
L'amore che arriva

«Cosa hai fatto?»
«Te l'ho detto»
«Cioè, fammi capire. Una ragazza che, tra parentesi, avevi già notato alla stazione, ma a cui non avevi mai osato rivolgere la parola, ti chiede il tuo numero di cellulare, ti insegue al treno, ti scrive il suo numero sul finestrino...»
Lo interrompo.
«Al contrario. Lo scrive al contrario»
È strano, ma è la cosa che mi ha colpito di piú. Come ha fatto a farlo cosí velocemente? Scrivere un numero alla rovescia, voglio dire. Io ci ho provato ma non ci sono riuscito.
«Già, dimenticavo. Al contrario perché potessi leggerlo meglio...»
Roberto fa una pausa. So già quello che vuol dire. Piú o meno. Sta solo cercando di essere il piú teatrale possibile.
«In poche parole te l'ha praticamente offerta su un piatto d'argento e tu non la chiami neppure? In sostan-

za sei scemo. Senza rimedio. Anche se proprio non ti piacesse... Dài! Toccata e fuga. Anzi, toccata e... .»

Okay. Si ferma in tempo. Deve aver visto dalla mia faccia che non avrei gradito. Non riferito a Costanza. Ma non ha tutti i torti.

E allora confesso la mia debolezza, con cui combatto da due giorni.

«Te l'ho detto! Non ho il coraggio.»

Gesto di esasperazione di Roberto. Che vuol dire mille cose che si possono compendiare in una.

Fatti furbo.

Ma non è questione di furbizia. È paura.

«E se non volesse parlarmi? Se appena vede il mio numero stacca? Se mi trattasse con freddezza? Se rispondesse a monosillabi? Se mi prendesse in giro? Se fosse uno scherzo e adesso lei e qualche sua amica fossero lí ad aspettare che chiami per ridere di me?»

Roberto mi fa il verso.

«E se mia nonna avesse avuto le ruote...?»

Alan fa capolino dalla porta dei gabinetti dei maschi. In realtà Alan non è il suo nome. È un soprannome che gli abbiamo affibbiato il primo giorno di scuola. Perché assomiglia a un alano. Mi vergogno anche un po'. Sono io che l'ho inventato. Spero che non lo scopra mai.

«Ehi! Mantello è in caccia.»

Mantello è un prof. bastardo dentro. Cosí ogni mattina fa un giro nei gabinetti a scovare chi fuma. Quando è di luna buona di giri ne fa anche due o tre.

Io non fumo, Roberto nemmeno. Ma nei gabinetti ristagna una nuvola azzurrina che al confronto un novembre in bassa padana è una estate radiosa.

Cosí per evitare guai usciamo, tanto tra cinque minuti suona l'intervallo ed è ora di andarci a piazzare per i panini.

«Però so dove abita.»

«E come hai fatto a scoprirlo?»

«Ho chiesto un po' in giro e ho scoperto il cognome, si chiama Luna, e piú o meno dove abita. Poi ho cercato su internet. Alla fine l'ho trovata.»

Mi fermo. In realtà stanotte sono rimasto alzato fino alle due. Ho cominciato con il passare in rassegna sul computer le pagine bianche per cercare tutti i Luna della città, scartando quelli che non abitavano piú o meno dalle sue parti. Per fortuna non sono molti. Poi ho chiamato al telefono quelli rimasti uno per uno, chiedendo: «C'è Costanza?» Al quinto tentativo, una voce maschile, ha risposto un po' scocciata: «Costanzaaa! È per teeee!»

Allora, dopo aver chiuso la comunicazione a velocità supersonica prima di sentire la sua voce e controllato per la millesima volta che sul cellulare avessi impostato veramente 'Nascondi identità', mi sono messo a cercare in mille siti la mappa della zona della città in cui abita.

Zoomando sempre di piú. Come se, ingrandendo la cartina, dallo schermo del computer potesse saltare fuori casa sua, e magari lei che mi faceva ciao dal balcone. In certi momenti mi sembrava proprio che potesse accadere da un momento all'altro. E comunque guardare quelle mappe me la faceva sentire piú vicina. Quasi fosse lí con me.

«Sei scemo.»

«Sono anche andato sotto casa sua.»

Roberto non dice niente. Mi guarda stralunato.

«Ieri pomeriggio. È un po' un casino. È un condominio grande e addossato a una collina. Ci sono mille scale e scalette e almeno quattro ingressi. Ci ho messo un po' a trovarla. Era buio. Però ho visto la scala in cui abita. C'era il suo nome sul citofono sotto. E credo anche di avere capito qual è il suo balcone. È al primo piano da una parte e al pianterreno dall'altra.»

«E poi...»

«E poi niente. Sono arrivati i carabinieri.»

Se è possibile, Roberto mi guarda ancora piú stralunato.

«I carabinieri?»

«Sí, è venuto buio e qualche deficiente deve avermi visto gironzolare lí. A un certo punto mi sono anche nascosto dietro un grande vaso con una pianta stecchita che puzzava di piscio di gatto. Costanza stava entrando in casa e non volevo che mi vedesse.»

Roberto tace. Per uno che vuole sempre essere al centro dell'attenzione e ti interrompe sempre è un bel risultato. E allora continuo.

«Però alla finestra c'era una signora. Mi ha visto accoccolato dietro il vaso. O mentre scrivevo con il gesso. E deve aver chiamato il 112.»

«Con il gesso?»

«Sí, avevo preso un pezzo di gesso a scuola e stavo scrivendo sul marciapiede sotto casa sua.»

«Scrivendo cosa?»

«Ciao.»

«Eh?»

«Sí, stavo scrivendo solo 'ciao'. Grande, però.»

Si vede che Roberto ha mille domande che stanno spingendo per venire alla luce. Inutile spiegargli che mi faceva piacere scriverle 'ciao', ma non avevo il coraggio di firmare. Inutile spiegare tante cose. Sono perfino pentito di aver detto tutto quello che ho detto.

La domanda successiva, però, è innocente.

«Sono arrivati cosí in fretta? I carabinieri, voglio dire.»

«Veramente ci hanno messo un'ora, ma io ero ancora lí. Avevo deciso di aspettare. Casomai fosse uscita...»

Roberto continua a guardarmi in silenzio.

«Se fosse uscita mi sarei fatto vedere...»

Non è vero. È una pietosa bugia che posso raccontare a Roberto, ammesso che lui ci creda, ma sicuramente non a me stesso. Lo dico solo per non passare completamente da idiota. Se Costanza fosse uscita mi sarei nuovamente nascosto. Che cavolo avrei potuto dirle? Che l'aspettavo? Sai le risate.

Che avevo scritto 'ciao' con il gesso sul marciapiede? Roba che se la sarebbero raccontata per decenni con le sue amiche. E poi magari al buio poteva scambiarmi per un maniaco sessuale.

«E i carabinieri cosa ti hanno fatto?»

«Niente. Mi hanno chiesto i documenti. Poi mi hanno fatto svuotare lo zainetto. Sono perfino stati gentili.»

«E tu?»

«Gli ho dato la carta di identità. E mi sono impiastricciato la mano con la banana che avevo dimenticato nello zainetto dalla settimana scorsa.»

«E poi?»

«Poi niente. Te l'ho detto. Mi hanno chiesto cosa ci facevo lí. E io gli ho detto la verità...»

Faccio una pausa vedendo la sua espressione.

«...piú o meno.»

«Cioè?»

«Gli ho detto che aspettavo una amica. Che avevo un appuntamento con lei. Che abitava lí, ma lei non era venuta. E non rispondeva al cellulare. Allora avevo aspettato un po' e adesso me ne stavo andando.»

«E loro?»

«Il piú vecchio si è messo a ridere. Ha guardato il 'ciao' sul marciapiede. Poi ha detto una cosa strana. Non avrei mai creduto di sentirla da un carabiniere. Mi ha detto di non fare la fine di Pavese.»

«Che vuol dire?»

«Lo ha spiegato la prof. di italiano. Una volta Pavese, uno scrittore, ha aspettato sei ore sotto la pioggia la ragazza di cui si era innamorato.»

Oddio. L'ho detto.

Innamorato.

Come se fosse in grassetto.

Innamorato.

O gridato in maiuscolo.
INNAMORATO!
Ma lo sapevo già. Non mi ero mai sentito cosí. Posso anche indicare con esattezza il momento in cui è successo. Quando Costanza ha scritto sul finestrino del treno il numero al contrario...

DRIINNN

Il campanello dell'intervallo trapana i timpani. Lucia la bidella si diverte a farlo suonare per un tempo infinito.
Nel frattempo siamo arrivati al banchetto dei panini. Il salumaio all'angolo, nell'intervallo, manda il figlio pieno di foruncoli a vendere patatine, panini con prosciutto, focaccia e fette di crostata che ci vuole il martello per romperli.
Sono il primo. Potrei scegliere con calma. Anche se la scelta poi non è questa gran cosa.
Ma non ho fame. Per niente. Cosí mi giro e me ne vado prima che l'orda che si precipita nell'atrio da tutti i quattro piani dell'istituto mi travolga. Voglio stare solo.
Anche perché c'è una cosa che non ho detto a Roberto. Lei mi ha telefonato. Stamattina. Ci vediamo oggi alle quattro, alla stazione.

Le ragazze e il primo appuntamento

«Alla fine hai ceduto, hai telefonato tu.»

«Che c'entra. Magari appena uscito dalla stazione ha cominciato a piovere e la pioggia ha cancellato i numeri. Magari avevo sbagliato pure a scrivere il 3 con l'8. Magari qualcuno ha tirato giú il finestrino e addio numeri.»

«Magari, magari. Il tuo solito ritornello. Comunque sappi che i finestrini non si possono aprire da un pezzo.»

«Davvero? Non ci avevo mai fatto caso. Non ti sfugge mai nulla, Chiara.»

«E tu credi sia una fortuna?»

«Non lo so. So che mi sembra tutto un sogno. Le cose accadono cosí.»

«Cosí come?»

«Cosí... in momenti che non ti aspetti e che sono i momenti giusti, in luoghi che frequenti tutti i giorni e che d'improvviso diventano diversi, magici.»

«Dove vi incontrate?»

Sorrido.

«Alla stazione alle quattro.»

«Posto romantico, davvero. Percorso verde: verso le aiuole piene di cacca di cani, giri a destra e oh, i cessi con la puzza di pipí e pure qualche siringa a far capolino tra i fazzoletti sporchi di chissà che, oppure verso l'uscita, con Luigi che vi offre caldarroste e magari i compagni di classe che aspettano di far tardi.»

«Oddio, non ci avevo pensato.»

«È questo il guaio. Non pensi.»

«Be', comunque un posto vale l'altro. Per me.»

Sta per nevicare, lo so, lo sento. Quando nevica niente può andare storto. Alla stazione ci arrivo anche a piedi se viene giú potente. Fa buio presto. Meglio. Mi piace camminare con le luci dei lampioni che fanno delle ombre mostruose. Chiara ha aperto l'armadio. Nella mia camera è un macello terribile. Dà quasi fastidio anche a me. Però ecco, non so come vestirmi. Non ho assolutamente niente di adatto da mettermi.

Dalla finestra la città è lontana. Una fermata di treno. Due fermate di troppo. Il vetro è freddo sulla fronte e mi fa passare un po' il mal di stomaco. Non riesco a mangiare. Ma si può? Ma vai a farti un giro, mi ha detto Chiara. Ha pure ragione. Sono proprio scema. Svanita. Che ne so io di cosa è l'amore? Dovrei fare un'inchiesta. Un campione di persone di età diverse e con differenti lavori, e porre la stessa domanda. Ma quale? Si è mai sentito innamorato? Cos'è l'amore? Quando si è innamorato per davvero? Avrei pure paura delle risposte. Capisce prof.? Capisce? Lei capisce? Qualcuno lo sa? Chiara dice che l'amore non esiste. Ce lo siamo inventati per avere fregature da raccontare, per piangere ed essere compatiti e consolati.

Se avesse ragione...

«Tua madre ti sta chiamando. Veramente è la terza volta che ti chiama.»

«Ahh! Sí ma'. Arrivo.»

«Be', io me ne vado. Ti lascio al tuo dilemma: jeans o gonna? Esistenziale. Eccitante.»

«Dài Chiara. Che mi sta succedendo. Non mi era mai

capitato, lo sai. Mai. Non riesco a stare ferma, non riesco a combinare niente, non riesco a vivere.»

«Forse è una modificazione genetica del virus dell'influenza. A Natale tutti quanti in giro per le stazioni a cercare di rimorchiare. Comunque, secondo me, meglio i jeans con i calzettoni e un paio di maglioni. La temperatura è sotto lo zero.»

«Mi trucco? Cioè, meglio di no, vero? E se poi non gli piaccio? E se poi, magari, appena mi vede, si pente e scappa via? Ne morirei.»

«Pensa ai titoli dei giornali: ragazza morta di dolore alla stazione per un incontro mai avvenuto. Epitaffio lungo e significativo. Dovremo allargare la pietra tombale.»

Mi metto a piangere. Sul serio. Un pianto con i singhiozzi e le lacrime. Una cosa da schifo. Anche le spalle che si scuotono e mi tuffo sul letto sperando che il cuscino assorba l'acqua salata che esce dal mio corpo. Non ci vado. Alla stazione. Gli telefono e gli dico che mi è venuta la febbre altissima, rischio le convulsioni.

Non ci vado. Non ci vado. Magari anche lui è contento. Che mi è preso di telefonargli e di inventare quella storia assurda che volevo cambiare sport. Se poteva darmi qualche informazione sul calcio. Certo, come no. Mi vergogno. Non ho mai fatto di queste cose. Magari anche lui rimarrà sollevato. Che stupida. Che vado a pensare che due si incontrano per caso e paf, come in una specie di magia, succede che ti riconosci? Che sei sicuro di averlo già visto dentro di te, nei sogni e nei pensieri e nelle caldarroste e nelle vetrine e sui finestrini dei treni e pure sulla copertina del libro di storia. Di averlo conosciuto e perso. Ma è da pazzi. Pazzi. Non mi era mai successo prima. Neppure con Giorgio; l'ho creduto bellissimo fin dalla quinta elementare. Mi faceva diventare rossa e mi venivano gli occhi da cipolla ogni volta che mi guardava. Ma mica cosí. Cosí. È da pazzi, davvero.

Poi sento le braccia di Chiara intorno alle mie spalle.
«Ti invidio, sai.»
«Figurati.» Mi asciugo il naso che gocciola.
«Davvero. Ti invidio. Forse non è mica amore. E che cavolo. Chi lo vuole l'amore, quello eterno, senza macchia e senza paura? Chi lo vuole? Tutti. E appunto per questo nessuno può averlo. È una specie di utopia. Come raggiungere l'aldilà con le proprie gambe. Però questo va bene, anzi va meglio.»
Ho gli occhi rossi e per questo non la vedo neanche bene, la mia amica cinica che mette tutto in fila. Però la ascolto e mi sembra diversa.
«Quanti anni hai, in realtà?»
«Lo sai. Lo sai. Centouno. Sempre uno meno di te. Portàti meglio dei tuoi.»
La guardo andare via con gli stivali che scricchiolano sul parquet e la figuretta perfetta che include capelli da favola. La guardo andare via e solo adesso mi rendo conto che non l'ho mai capita. Adesso quando chiude la porta piano vedo la sua infelicità e mi viene voglia di richiamarla e di dirle che le voglio bene. Tanto.
Mamma arriva con gli occhiali che penzolano sul maglione rosso e un'aria da Geronimo-sul-sentiero-di-guerra.
«Dovevi aiutarmi con la spesa, dovevi aiutarmi anche con la biancheria da stirare. Spero solo che abbia trascorso tutto questo tempo sui libri, a faticare con Dante e con l'Inferno, perché altrimenti...»
Ahi, si guarda in giro. Non svenire, mamma. Non saprei cosa fare. Se salvare te o andare alla stazione. A una fermata da qui. Non farmi scegliere.
«Cosa è successo qui?»
«Volevo mettere ordine nell'armadio. Alcune cose non mi stanno piú.»
Lei sospira, scrolla le spalle e se ne va. Ho una mamma che non indaga troppo, meno male. Papà è fuori.

Tornerà domani. Tornerà stanco e ultimamente sembra impaurito. Chissà da cosa. Sembrano loro gli alieni, certe volte. Capitati per caso tra quattro mura con tanto di lavastoviglie e frigorifero. Bah!

Puzzo. Lo so. Ho pianto e ho sudato? Mi devo lavare le ascelle.

Mi infilo i jeans, i calzettoni rossi e la felpa di *pile*, sciarpa e guanti, e vado a fare invidia all'omino di neve.

Vado ad ascoltare il gelato al pistacchio. È troppo bello per rinunciare.

La stazione alle 15,50 del 22 dicembre è piena di gente. Che scema. Un appuntamento in mezzo a tutto questo caos. I capelli! Oddio, non li ho mica pettinati! Cerco un bagno, poi rinuncio. Saprei di pipí e di cacca. Le 15,51. Li pettino allargando le dita della mano. Cerco di guardarmi sul vetro della caffetteria. Orrenda. Orribile. Quello scappa. Mi siedo sulla panchina del binario 12. Lui deve arrivare con il treno che ferma proprio lí. La gente sembra allegra. Non la guardo. Io mi sento il cuore scoppiare. Se almeno fumassi. Niente. Le 15,52. Mi incanto a osservare l'orologio tondo della stazione. C'è parecchia Polizia Ferroviaria. I bambini saltano vicino ai marciapiedi dei binari e le mamme li tirano per le braccia. Mi accorgo di sorridere. A cosa? Luigi vende parecchie caldarroste e il profumo è buono. Mi sento l'alito. Okay. Piú o meno. Che mi prende? Mi alzo. L'edicola. Ecco l'edicola. Si possono leggere i titoli dei quotidiani, guardare le copertine delle riviste. Mi viene un colpo. Non so piú leggere? Spiritello leggero, fa' che arrivi presto altrimenti vado volontaria a ricoverarmi al primo ospedale.

Passa una donna vestita di verde: femmina verde femmina che perde.

Sono i giochi che facciamo io e Chiara. Stupidi, però mi calmano.

Dietro di lei, Babbo Natale. Gli sorrido. Lui si avvicina.

«Cosa c'è, piccola?»

La voce nasale mi dà fastidio. Faccio spallucce e gli mostro la schiena.

«Fai male a non abbracciare Babbo Natale. Non lo sai che porto fortuna?»

Porta fortuna. Portami fortuna. Anche le pietre di luna portano fortuna, cambiano colore come certi occhi. Ne possiedo una, ma l'ho lasciata a casa.

Mi volto e gli allungo una mano, un po' perché ho appena controllato e sono le 15,57 e tre minuti per trascorrere hanno bisogno di un sacco di battiti, e un po' perché ho davvero bisogno di fortuna.

Me lo sento addosso con la barba finta che mi pizzica la guancia e il fiato corto, quasi ansimante. Capisco. Troppo tardi. Non mi lascia. Non riesco neppure a urlare. Costanza, che stupida sei. Le braccia premono sul diaframma. Adesso svengo. Le mani sulle natiche e poi finalmente l'aria. Apro gli occhi e Babbo Natale è a terra. Senza barba e senza cappello rosso. Un rospo. È un rospo. Mi viene da vomitare. Mi giro, trovo la fioriera e vomito. Non viene fuori niente a parte i succhi gastrici acidi e disgustosi. Qualcosa mi sta vicino. Mi alzo pronta a difendermi e invece mi metto a piangere. Gli occhi nocciola mi guardano preoccupati.

«Come stai? Come stai?»

Dio, dio dio dio.

Un poliziotto sta sollevando Babbo Natale senza barba e lo strattona via.

«Ho visto tutto dal finestrino. Cavolo, non potevo neppure urlare, quei maledetti finestrini che non si aprono.»

Mi sento trasportare. Sulla panchina. Gelata. Bene. Benissimo. Gelata. Rimaniamo cosí per sempre, finché non viene l'estate. In questa maledetta stazione. Rimaniamo cosí a contare i minuti sull'orologio senza deconcentrarci, cosí niente di brutto ci potrà accadere.

«Ti... ti ha fatto male?»

Finalmente lo guardo. Gru. Gelato al pistacchio. Bellissimo.

«Sí, cioè no, non molto. Va meglio.»

La voce, la mia, fa schifo, strozzata e senza vita.

«Dai vieni, un tè, ci prendiamo un tè.»

Vorrei lavarmi via l'odore di Babbo Natale. Cosí mi blocco. Chissà come, lui capisce. Chissà come. Eppure non ho parlato. Capisce.

«Ti riaccompagno a casa. Vedi, sta anche per nevicare. Con il poliziotto ci parlo io. Può darsi vogliano una denuncia. Domani, però.»

Mi prende la mano. Gelata. La scossa elettrica punge la pelle. Fuori della stazione i fiocchi cominciano a cadere. Si vedono solo contro i fari delle macchine. In cielo è ancora tutto buio. Nero. Luci spente. Cammino e mi sento tranquilla. Se vicino ci sei tu, io mi sento tranquilla, vorrei dirgli. Invece niente. Non parlo. Neppure lui. Mi stringe la mano e sento le sue falangi, sono perfette. Falangi perfette, fulmini e saette. Idiota. Io idiota. Mi lascio camminare. Mi lascio bagnare dalla neve. Mi lascio acchiappare da un dolore dolce che viene da dietro lo stomaco. Mi lascio.

Primo appuntamento da schifo. Eppure.

Dopo Babbo Natale

Capisco al volo. Capisco al volo quando le propongo di prendere un tè. Glielo leggo nel viso tirato, nelle spalle incurvate, nella stanchezza con cui muove il capo per accennare un no, nello sguardo. Non ha bisogno di stupidaggini, in questo momento.

Ha bisogno solamente della sua stanza, del letto su cui sdraiarsi al buio, di silenzio, di lacrime tranquille.

E io sono inutile. Non potrei dire né fare qualcosa che la faccia sentire meglio. D'altronde non saprei nemmeno cosa fare e cosa dire. Tutto sarebbe cosí banale...

E allora le domando se vuole che la riaccompagni a casa. Il suo sguardo mi segnala che è la cosa giusta da chiedere.

La prendo per mano e mi incammino con lei. In silenzio. Per un po'. Poi le rifaccio la Domanda Idiota.

«Come stai?»

Subito dopo mi darei un pugno in testa. Roba da sotterrarsi per la vergogna. Un maniaco travestito da Babbo Natale ha praticamente cercato di violentarla, lei ha appena vomitato in una fioriera, e io le chiedo come sta.

Ma risponde. Stavolta con una parola sola.

«Meglio.»

Anche se dalla faccia non si direbbe.

In realtà è altro ciò che voglio dire. Che voglio raccontare. Ma non ho il coraggio. Magari non gliene frega niente. Mi imbarazza parlarne. Poi in un attimo il nodo si scioglie e le parole escono da sole.

«È successo qualche anno fa. Avevo piú o meno dieci anni. Una sera mia sorella è andata con i suoi amici a una rassegna di gruppi rock. Era luglio, faceva caldo, c'era un sacco di gente e aveva il permesso di star fuori fino a quando tutto non fosse finito...»

Mi fermo. Mi sta ascoltando con interesse, con tensione quasi, come se avesse capito come si svilupperà la storia.

«Poi, verso l'una i suoi amici se ne sono andati e lei è rimasta lí. Doveva andare mio padre a prenderla, l'aveva chiamato con il cellulare, ma stava tardando. Era passato prima a prendere me che ero andato alla pizza con la squadra di calcio. Aveva la nausea, le girava la testa, aveva bevuto due birre e non era abituata. Cosí va al bar e chiede un tè. Quando si gira con il bicchiere in mano si vede davanti un tizio. È alto, avrà sui trent'anni, indossa una maglietta con una scritta in inglese. Ha un buon profumo. La guarda e dice che alla sua età bisogna cominciare a bere birra e non quella cosa che sembra pipí. Anche lei si mette a ridere e risponde che anche la birra sembra pipí e che ne ha già bevuta troppa. Ride anche lui. Poi si avvicina, le mette una mano su una spalla e dice una cosa strana: 'Dài! Vieni! Andiamo a divertirci!'

«Poi il braccio scende e la sua mano le tocca il...»

Faccio una pausa, poi proseguo.

«...le tocca il seno. Sta lí per un tempo infinito, muovendosi, poi risale alla spalla, gliela afferra e comincia lentamente a guidarla verso l'uscita. Lei tenta di divincolarsi. Le sfugge di mano la tazza di tè. Lui non dice niente. Continua a tenerla e lei non riesce a togliersi la sua mano dalle spalle.

«Non vuole andare via con lui. Ha paura. È buio. Sono in periferia. Fuori dalla recinzione che delimita l'area del concerto ci sono solo sterpaglie e prati abbandonati. Ha paura che le faccia male. Le tornano in mente tutte le raccomandazioni che le hanno sempre fatto i miei genitori. Di non dare retta agli sconosciuti. E adesso quella cosa misteriosa di cui parlavano sempre, senza entrare nei dettagli, sta succedendo. A lei. Ma ha paura di gridare, di chiedere aiuto. Si vergogna. Si vergogna di quello che potrebbero pensare di lei. Vede la gente che gira di qua e di là, stanno smontando il palco e le attrezzature, ci sono urla e rumori, ma è come se provenissero da un altro mondo. E l'ingresso, una specie di corridoio di lamiera in cui tutti si devono incanalare per entrare e uscire, è sempre piú vicino...»

Mi fermo. Costanza mi guarda.

«E poi...?» chiede.

«Poi niente. A un certo punto uno della security, un bestione di almeno cento chili che puzzava di birra e di sudore si è avvicinato. Ha preso l'uomo per un braccio e gli ha detto di lasciarla stare. Lui ha lasciato la presa e appena lei si è sentita libera è scappata. È uscita all'esterno. In quel momento siamo arrivati io e mio padre.

«Appena è sceso gli ha vomitato sui piedi. Lui le ha fatto un cazziatone perché aveva bevuto e allora lei ha raccontato tutto.»

La guardo.

«Per questo so esattamente cosa è successo. Anche se poi non mi hanno fatto entrare quando sono andati dai carabinieri. E mi hanno mandato in camera mia quando a casa l'ha raccontato alla mamma stringendosi a lei.»

Faccio una pausa.

«La cosa piú strana è che mia sorella è una tosta. Non è timida. E non ha mai capito perchè non ha reagito. Dice che non ce la faceva.»

Un'altra pausa, senza guardarla.

«E io invece ho capito quella sera che era vero quello che mi dicevano a scuola e a casa. Che c'è gente che può farti molto male. E per un po' mi ha fatto vergognare di essere un maschio.»

Lei non dice niente. Mi stringe ancora di piú la mano. Nel frattempo siamo arrivati davanti al portoncino di casa sua.

A quel punto mi lascia la mano.

«Ciao» dice.

E se ne va.

Io sto fermo lí, fermo a guardarla mentre si allontana. E lei prima di entrare nel portone si volta e i suoi occhi fissano i miei.

Le ragazze dopo il primo appuntamento

«Non dirlo a nessuno. Ti prego Chiara. Nessuno deve sapere.»

«Ma stai tranquilla. Anche se... guarda che essere aggrediti non è mica una colpa.»

«Sí, lo so. Però non voglio. Mi farebbero domande su domande e a questo ci ha già pensato la mamma. Voglio dimenticare.»

«Okay. Hai ragione.»

«E poi. A dirla tutta. Oh Chiara, che schifo. Il primo appuntamento con lui e guarda che succede!»

«Non cominciare con la storia che è un segno del destino. Non farlo.»

«Dovevo solo arrivare alle quattro e un minuto e sarebbe andato tutto benissimo.»

«Okay. Basta. Quando fai cosí non ti sopporto, me ne vado.»

Se ne va davvero. Si aggiusta la sciarpa intorno al collo, si alza dalla panchina ed esce dalla stazione. I pacchetti incartati dentro le buste sobbalzano mentre cammina. Provo a chiamarla, ma non si volta. Non l'ho mai vista cosí. Siamo state un pomeriggio intero a scegliere i regali di Natale. Che le prende? Corro e la raggiungo. Le luci sulle vetrine dei negozi si rincorrono dappertutto. Domani sarà l'ultimo giorno di scuola prima delle vacanze di Natale.

«Se perdi questo, con quale treno torni poi?»

Non risponde neppure.

«Ehi, Chiara, dai.»

Si blocca e si ferma di colpo, lasciando che il mio passo a metà la superi.

«Ehi, Chiara, che ti prende? Ehi Chiara che cosa faccio? Ehi Chiara, magari, magari, magari... Ma la finisci di stressarmi con questi stupidissimi problemi? La finisci? La storia del destino poi? E che ne dici di questo? Ascolta bene Costanza del magari e della buona memoria, ascolta: sono incinta. Okay?»

La voce non è la sua. La voce arriva da chissà dove, forse dal fegato o da qualche vena smarrita. È una voce orribile.

Trema, vibra. Sembra cera sotto il sole. Anche se nevica. Associo le lettere con dei suoni, la musica che viene dall'altoparlante storpiata dal chiasso. Le guardo gli occhi; sono diventati fessure scure che dentro hanno terra e spinaci.

«Oddio.»

Riesco a dire solo questo, e sinceramente non mi rendo neppure conto dell'enormità che sta dentro di lei.

«Va' al diavolo.»

Riparte con convinzione. Questa volta non si ferma. Incinta. E che significa? A sedici anni. Vabbè, sono quasi diciassette, tra meno di un mese. Però. Ma se non ha neppure un ragazzo. Non me ne ha mai parlato. Neppure a scuola con le altre che si pavoneggiano dei baci rubati e delle carezze.

Dio. Le vado dietro. Non posso farne a meno.

«Ci vado al diavolo. Ci vado» le urlo arrancando per le scale mobili. Qualcuno mi guarda quasi divertito. Lei corre.

«Ci vado, vado dove vuoi, però aspetta un attimo.»

Il cappotto nero rallenta la corsa. Prendo fiato e mi lancio. Le getto le braccia dove posso e trovo le spalle e la tengo stretta. Le scale finiscono e inciampiamo tutte e due trasportate dalla corrente che va sempre uguale che non rallenta e che non si ferma quando due amiche devono soffrire.

Lei ride. Tra gli occhi che ancora non piangono.

«Stai sempre a cadere, tu!»

Le do un bacio sulla guancia e un signore si gira a guardarci.

Uomo di marrone sarà sempre un gran ballone.

Il signore continua a guardarci.

«Uomo con la barba un po' somiglia a una carpa.»

Chiara lo urla come fosse un messaggio di salvezza. Il signore con la barba marrone distoglie lo sguardo e si mette a pensare a cosa portare a casa per cena.

Il sorriso rimane sulla faccia. Chiara. Dio mio. Come è potuto accadere.

«Non dire niente. Non dire niente. Già mi sono fatta tutte le domande del mondo. Tutte. Pure quelle che spetterebbero agli alieni. Non ho risposte. E scusami per prima. Era tutta invidia, la mia. Invidia allo stato puro.»

Non dico niente. Penso al Babbo Natale che ha cercato di aggredirmi e gli auguro di diventare un rospo al piú presto, penso ad Angelo e mi viene da sciogliermi nello stomaco e penso a Chiara la mia amica dall'asilo che non conosco per niente che non ho mai voluto conoscere e mi viene da darmi degli schiaffoni potentissimi, delle sberle da Guinness.

Scendiamo con la scala mobile, e sotto la galleria una serie di ragazzi e ragazze tutti uguali. Come me e Chiara. Eppure. Sí hanno giacche e zaini capelli lunghi e l'aria da padroni. Vanno a camminare per le vie del centro. Vanno a ridere e a parlare del mondo. Guardo Chiara e so che per lei non sarà piú cosí.

E per me? Cosa ci sarà per me?

Le ragazze e gli occhi degli altri

Oggi niente deve andare storto. Niente. Ho ascoltato in TV l'oroscopo tra la pubblicità di una crema antirughe e le previsioni del tempo. C'è una congiuntura favorevole tra Giove e Saturno. Un incontro con un alieno è consentito.

Paola ha fatto il compito di italiano da schifo. 4. La prof. sembra quasi disgustata nel restituirglielo. Lei alza le spalle e se lo riprende. Mi viene l'ansia. Quando ho fatto il compito di italiano? Mi smarrisco a ricordare. Niente. Un titolo, un qualsiasi argomento che non contenga il nulla. Niente. La prof. mi viene vicina. Guarda da dietro gli occhiali alzando un po' le pupille. Io ho una memoria formidabile. Perché non me lo ricordo?

Chiara se ne sta tranquilla ad aspettare.

«Era il tema sul racconto fantastico.»

«Ahh!»

Sospiro. Rassegnata. Poi mi decido.

«Io l'ho fatto? Cioè, tu hai visto che cosa ho scritto?»

Chiara sorride. È un sorriso triste.

«Certo che l'hai presa brutta. Comunque sí, ho dato un'occhiata.»

«E allora?»

«E mica faccio la prof. Qualcosa hai scritto.»

Mi rimetto dentro me stessa. Non è possibile. Che cosa ho scritto? Non è possibile non ricordare neppure una frase, una miserabile, piccola frase.

Eccola la prof. Mi preparo a un numero compreso tra 1 e 4. Pochi numeri a dir la verità. Dov'è andata a finire la memoria?

Il foglio galleggia un attimo nell'aria tra le mani curate della professoressa. Ha un anello al mignolo con la pietra azzurra. A dir la verità, anche il foglio mi pare sconosciuto. È scritto, meno male. 8. In rosso tratto pen.

«Be', mica male. L'hai scritto in trance?»

Chiara guarda il suo 7 come fosse un fiocco di neve in una tormenta. Non gliene importa niente. Sospira, mi guarda e poi torna a soffrire in silenzio.

Io allontano il foglio su un lato del banco. Che cosa avrò scritto? A dir la verità non importa quasi niente neppure a me. Chiara allontana i capelli dalla guancia che comincia a bagnarsi. No. Mi dispiace. Chiara, mi dispiace. Chiara ti aiuto io. Io, sedici anni, con una memoria che fa schifo, con una tendenza a cadere che è quasi inverosimile, con una passione per le stazioni, con niente ancora di capito e di trovato.

La campanella mi fa sobbalzare. Si alzano tutti. Paola, Grazia, Filippo, Giacomo. Meno male, ricordo ancora i nomi. Vanno a casa, a pranzo, vanno a far festa per le vacanze. Ci salutiamo con gli auguri e i sorrisi. Mi trascino Chiara per il corridoio e poi usciamo.

Fuori la neve ha cambiato di poco le cose. Le vie sono state ripulite e gli alberi sembra che si astengano dal gocciolare. Sta diventando tutto grigio.

«Dai, lasciami stare, vai che hai un appuntamento. Non te lo ricordi.»

«Ah, questo me lo ricordo. Però...»

«Niente però. Vai al binario 12.»

«Ci vediamo stasera, vero? Mi prometti?»

Vorrei continuare. Però sono quella che sono. Ho un amore che mi prende stomaco reni intestino e fegato. Ho qualcosa che brucia e che consuma. E il binario 12 è una specie di rifugio degli angeli.

La lascio a guardarsi in una vetrina e a immaginarsi diversa. Corro verso il piazzale della stazione, volo per la sala d'attesa e poi mi fermo di botto.

Mi guardano. C'è gente che mi guarda. Negli occhi degli altri ci sono io. Costanza. Mi vedo con i capelli spettinati sotto la cuffia di lana, gli occhi luccicanti quasi da pazza, il naso rosso di tramontana, vedo anche due o tre lentiggini appiccicate sulle guance.

Negli occhi di Luigi c'è lo stesso caldo che mi piace delle caldarroste tra le mani, e il suo sguardo tenero quando mi dice Costanza ma quanto cresci.

Negli occhi del capotreno vedo la fretta delle mie gambe veloci a rincorrere il treno che sto sempre per perdere.

Negli occhi della signora con le sopracciglia depilate – signora con le sopracciglia depilate non si mette in bikini d'estate – vedo quello che non sarò mai: una cosa elegante, controllata come il peso sulla bilancia due volte a settimana e il parrucchiere e il vestito giusto per la serata giusta. Non ci riuscirò mai. Non voglio neppure riuscirci.

Negli occhi della prof. di italiano ho visto il mio 8 e adesso, solo adesso, ricordo cosa ho scritto. Mi vergogno. Tanto. Una storia d'amore stile Romeo e Giulietta. Ma si può? Però nei suoi occhi ho visto la comprensione. Un briciolo. Come avesse un cuore umano e fosse innamorata pure lei.

Quando stai negli occhi degli altri allora davvero cominci a conoscerti.

E poi eccolo lí. Un sobbalzo al cuore. Un tira tira dello stomaco. Sorride e mi viene incontro. Cerco i suoi occhi per conoscermi un altro po' e mi vedo. Costanza.

Però vai a capire chi sono. Lo specchio deforma, allunga e accorcia e soprattutto mi fa perdere. Afferro qualcosa al volo. Mi piace il gelato al pistacchio e mi piace la sera quando le cose cominciano a riposare e mi piacciono molto le amiche incinte e poi mi piace questo sconquasso che penso sia come uno spezzatino dentro una padella. Mi piaci tu Angelo. E non so mica perché. Non ti conosco. Però. Dentro i tuoi occhi io mi conosco meglio come in uno specchio che ingrandisce i particolari e sfuma i contorni e per ora può bastare.

Mi prende la mano e se la mette tra le sue. Deglutisco e sorrido. Lui sorride. E comincia la meraviglia di quella porta che si apre sulla giungla o magari sulle cascate oppure sulla piazza della Pietra Nera.

«Come va?»

Chi cavolo ha la voce per rispondere?

Cosí mi sollevo sulle punte delle scarpe e cosí forse lui crede che stia cadendo di nuovo e mi sorregge cosí mi allungo e mi faccio distrarre dal suo profumo e tuffo la testa sulla sua spalla per sentire se anche lí batte il cuore.

Mi abbraccia. Il cuore fa saltelli da coniglio. Un coniglio? Ma si può essere meno romantici di cosí? Comunque balza davvero. Il mio? Il suo? Non mi importa di cosa sta pensando né lui né Luigi né il capotreno né il mondo. Lo bacio. Lo bacio e lo ribacio. Tranquilla. Ha la pelle morbida. Le labbra morbide e il sapore di caramella al limone. Oddio il limone. Ma io non detestavo il limone? Forse non mi conoscevo bene.

Secondo appuntamento

Okay, ci siamo. Binario 12. Come al solito. È là. Mi sta già aspettando. A occhio non ci sono Babbi Natale in giro. Speriamo.

Sí, però non ho ancora risolto il problema di dove portarla. In qualche bar? Dai, al massimo la posso tenere per mano. Ho bisogno di un posto isolato, dove poterla stringere, baciare, toccare.

Su una panchina ai giardini della stazione? È sempre pieno di gente che va e che viene. E nemmeno del tipo piú raccomandabile. Ci mancherebbe solo un altro Babbo Natale che viene a romperci. Ma dove cavolo...

Il Bus! Il Bus 17. Come ho fatto a non pensarci prima. Fa il giro delle colline attorno alla città e passa in un posto dove andavo da bambino a fare i picnic con papà e mamma. Piú o meno a metà strada fa una fermata vicino a uno spiazzo. E subito lí ci sono boschi. Fa freddo? E allora? Chissenefrega. Meno male che ho messo il *pile* e la giacca a vento, cosí nel caso posso stenderla per terra. La giacca a vento. A meno che lei non abbia minigonna e scarpettine col tacco perché allora ciccia.

Okay. Meno male. Giacca a vento, *pile* e jeans anche lei.

Scendo dal treno. Mi viene incontro. Non dice niente.
«Come va?»

Ma c'è una cosa piú idiota da chiedere a una ragazza al secondo appuntamento? Deve considerarmi scemo, infatti non risponde nemmeno. Mi guarda. Poi si muove in modo strano. Allungo un braccio istintivamente per sorreggerla ma fermo il movimento a mezz'aria. Non sta cadendo.

E allora la abbraccio. Sento il cuore che sembra un motore fuori giri. Mi viene da deglutire. La bacio. Cavoli! Mi sono dimenticato del chewing gum alla menta. Ma chi andava a immaginare che ci saremmo baciati già alla stazione? Non importa. In treno l'alito funzionava, almeno spero. Ha un buon sapore. Dentifricio, caffè e rossetto. Credo sia rossetto. Assomiglia un po' al burro di cacao.

E poi è come se le nostre labbra sapessero benissimo cosa fare. Come se fossero fatte le une per le altre. Aderiscono perfettamente. Come se non potesse essere che cosí. E anche la lingua va esattamente dove deve andare.

Ci allontaniamo. O meglio le nostre teste si allontanano.

Non riesco a parlare. Mi manca il fiato. Magari dovrei provare due esercizi di respirazione di quelli che ci fa fare l'allenatore. Poi riesco a trovare ossigeno e parole.

«Andiamo a fare due passi nei boschi?»

Mi aspettavo qualche obiezione del tipo «Fa freddo...» e invece...

«Perché no? Come ci arriviamo?»

«Con il bus. Il 17. Passa vicino a un posto bellissimo. Lo chiamano Naso di Gatto.»

«Perché.»

«Boh? Però è bello. C'è una enorme quercia.»

«Una quercia?»

Ma perché ripete quello che dico io?

«Una quercia, un faggio, potrebbe anche essere un baobab per quello che ne capisco io. Una volta ci ho vomitato, lí sotto. Ero andato con i miei per un picnic e ho sofferto il mal d'auto.»

Merda! Ma cosa dico? Sono diventato scemo? Vado avanti a ruota libera.

«Sarei voluto venire con il motorino.»

«Hai il motorino?»

«Be', sí. No...»

Mi guarda.

«Sí o no?»

Sto perdendo il filo. Le parole escono fuori da sole, senza controllo. Non so nemmeno cosa dico.

«Ecco! Che cavolo vuoi che ti dica? Mio padre non me lo compra il motorino. E neanche mia madre se è per quello. Magari litigano su cosa vedere in TV, su cosa mangiare per cena, sulla politica e sulle vacanze. Ma sul motorino sono d'accordissimo. Senza se né ma. A volte credo che stiano assieme solo per non comprarmi il motorino.»

«Perché?»

«Mamma è contraria perché ha paura e tu valle a spiegare che usi il casco, che vai piano, che non farai mai una impennata... tutte quelle balle lí. Papà invece per motivi ideologici, dice. Sono i fessi che si omologano tutti insieme, tutti uguali, tutti con il motorino, dice. E io non voglio che mio figlio sia un fesso. Me lo avrà ripetuto mille volte. Cosí niente motorino.»

Continua a guardarmi. E allora vado avanti.

«Guarda. Preferirei essere un po' piú fesso e averlo, il motorino. Mica una cosa carenata da sboroni. No, una cosa tranquilla, da girarci con calma. Da portarci qualcuno. Per esempio oggi...»

«Ma se non puoi portare nessuno con il motorino!»

«Non puoi ma lo fai.»

«E se ti beccano?»

«E se ti beccano è come quando sei sull'autobus senza biglietto. Conti qualche balla a casa e paghi la multa.»

«Però hai detto sí quando ti ho chiesto se avevi il motorino.»

«Infatti papà mi lascia usare il suo, di motorino. Il suo di quando era giovane. Lo aveva comprato con i suoi risparmi e l'ha usato fino alla consumazione dei secoli quando aveva piú o meno la mia età. Poi l'anno scorso l'ha dato a me.»

«Dài! È strafigo.»

«Sí guarda, strafigo da morire. Teoricamente, se mi metto a pedalare, ma pedalare sul serio, come se fosse un allenamento per il Giro d'Italia, il motore dovrebbe partire, ma i pedali non funzionano quindi o sono in discesa o devo spingere con i piedi. Oppure spingo a mano e poi salto su quando il motore comincia a scoppiettare .»

Ride. È strana. Di solito è seria. Sorride poco, ma quando ride è un'esplosione. Ride con la bocca, con gli occhi, con le braccia, con tutto il corpo. È bellissima. E ride. Ride bene, a piena gola, mostrando i denti. Non ride di me. Ride con me. Ride perché l'ho fatta ridere. Ed è bello vedere una ragazza che ride perché tu l'hai fatta ridere.

Rido anch'io e divento tutto rosso. Mi sento un po' idiota. Ma guarda, a momenti mi piscio addosso solo perché una ragazza ride per una mia battuta. Mi vergogno un po'.

Lei improvvisamente mi prende la mano.

«Ehi! È quello il 17, corriamo!»

Eh già! Il nostro bus sta arrivando. Filiamo come razzi nella sua direzione e saliamo.

«I biglietti?»

Anche la voce sta ridendo. Come se aspettasse solo di prendermi in giro perché ho dimenticato i biglietti.

Non sa che ne ho una scorta nel portafogli. Perchè in effetti se dovessi comprarli uno alla volta me ne dimenticherei regolarmente. Li tiro fuori e glieli mostro.

Ride di nuovo

«Hai pensato a tutto!»

«A tutto no. Ma ai biglietti sí. Ci mancherebbe che al secondo appuntamento ci becchiamo la multa. Non vorresti piú vedermi.»

Infilo i biglietti nella macchinetta e lei gira la testa dall'altra parte. Quando si volta c'è un luccichio strano nei suoi occhi. Come se avesse ricacciato indietro le lacrime. Mi fa star male. La prendo per mano. Ci sediamo e la bacio di nuovo. Smetto subito. Una signora anziana ci sta guardando. Però sorride. E si volta verso il finestrino.

Il bus è quasi vuoto. Non c'è da stupirsi, fa il giro del mondo, una decina di frazioni sparse attorno alla città e la gente finisce che fa prima in macchina. I ragazzi che lo prendono per venire a scuola lo chiamano 'La Troia', tanto è lento.

Ci mettiamo in fondo. Non so cosa fare, poi lei sfiora la mia mano con la sua. E allora gliela prendo. E stiamo lí. Mano nella mano. Un po' sudaticce perché fa caldo, il riscaldamento è al massimo, ma ho paura a toglierla. Non voglio perderla. E se poi non volesse piú?

Quando scendiamo succedono due cose. Ci baciamo un'altra volta. E nel frattempo pioviggina.

«Ce l'hai un ombrello?» mi chiede.

Ci avevo pensato a casa. Era nuvolo, ma mi scocciava arrivare all'appuntamento con l'ombrello in mano. Ridicolo. Una specie di lord inglese un po' coatto. Faccio il furbo, anche se un ombrello servirebbe.

«Si è mai visto qualcuno che se ne va con un ombrello nei boschi?»

Tiriamo su insieme i cappucci delle giacche a vento.

E ridiamo come stupidi. Mi guarda strano. Ed è un altro bacio.

Non parla. Nemmeno io. Ma non c'è bisogno di parlare. Sembra quasi che i nostri gesti vengano fuori da soli. E sono quelli giusti. Non possono essere che perfetti. Non uno di piú, non uno di meno. Come se fossero stati sempre dentro di noi e aspettassero solo il momento di uscire. Come se seguissimo un copione scritto apposta per noi. La sceneggiatura di un film.

Stavolta è lei che mi prende per mano. E infiliamo un sentiero. L'ho fatto mille volte con mio padre, questo sentiero. Mi portava spesso fin qui. Ma è come se lo facessi la prima volta. Dieci minuti. Poi c'è la radura. No, la Radura, con la R maiuscola. La piú bella del mondo.

Sembra quella di Hänsel e Gretel. Ma non c'è una casa di pan pepato né la strega cattiva. Piuttosto un intreccio fitto di rami che hanno creato per terra un tappeto di aghi di pino. Un tappeto alto una decina di centimetri. Che cede sotto i piedi.

«Non sono aghi di pino. Sono aghi di larice. Le uniche conifere che perdono le foglie, quindi gli aghi, in autunno.»

«Sei esperta di botanica? Per me tutti gli alberi che hanno le foglie a forma di ago sono pini.»

Stavolta non ride. Mi guarda. Con uno sguardo che non le ho mai visto. Che non ho mai visto in nessuno. Uno sguardo che fa perfino male tanto è intenso. Sembra che i suoi occhi siano diventati liquidi. E guardino lontano. Piú lontano di dove io potrò mai andare.

E allora rido io. Un po' nervoso.

«Chissenefrega dei pini o dei larici. Sembrano messi qui apposta per noi.»

Mi tolgo la giacca a vento e la stendo per terra. Sopra ci butto lo zainetto.

Poi faccio una cosa scema. La prendo per le spalle e contemporaneamente con le gambe le do un colpetto dietro le ginocchia. Perde l'equilibrio e cadrebbe, ma la sorreggo e la sdraio sul giaccone. La testa finisce esattamente sullo zainetto. Poi la bacio.

Fa freddo? Non me ne accorgo. Piove. Sí, sento il rumore delle gocce, ma lí, sotto i rami intrecciati, ne cade appena qualcuna.

Profumo di legna bagnata e di terra umida. Profumo di lei. Vedo la luce calare lentamente e trasformarsi in notte. Siamo ancora lí. Abbracciati a parlare... a toccarci...

Sono morbide le ragazze quando ti abbracciano. È una morbidezza che ti dà tutto. Che aderisce a te. Che diventa una sola cosa con te, respiro, maglietta e pelle.

Glielo dico.

«Le ragazze innamorate sono morbide» risponde. «Solo quelle innamorate. Se non sei innamorata non sei morbida.»

Ricordo la mamma che mi abbracciava quando ero bambino. Era morbida, ma in un modo diverso. Era una morbidezza che ti proteggeva. Qui è una morbidezza che deve esser protetta. Che ti fa sentire grande.

«È una cosa cosí. Non si può fingere la morbidezza dell'amore. Nessuno può riuscirci» continua lei.

Non so perchè ma il cuore si mette a battere forte. Un conto è toccarla, un conto è sentirla dire di essere innamorata.

«Io non mi sento tanto morbido.»

Mi accorgo subito del doppio senso. Merda! Non volevo. E adesso cosa penserà, che voglio solo...

Ride ed è un sollievo.

«Non intendevo là, scemo.»

Ma allora con le ragazze si può parlare di certe cose.

Lei continua.

«Poi tu non sei una ragazza. I maschi sono meno morbidi.»

E allora glielo dico. Tutto di un fiato. Anche se la voce non sembra la mia.

«Anche io sono innamorato. Di te.»

Non dice nulla, ma mi abbraccia piú forte. E quando la guardo vedo di nuovo il luccichio che precede o segue le lacrime.

È il suo cellulare a rompere l'incanto.

«No... sí... adesso non posso. Ti chiamo...»

Parla sottovoce, come se temesse di disturbare qualcuno e invece ci siamo solo noi.

«È Chiara, la mia amica» mi dice.

Non so perchè ma la cosa mi dà fastidio. È come se mi sentissi controllato.

Guardo l'ora. Cavoli! Le 17,30.

«Il bus. L'ultimo per tornare in città passa tra cinque minuti. Se lo perdiamo sono cinque chilometri a piedi.»

Per fortuna c'è la luna e il sentiero si vede bene. E l'incanto non si rompe. È bello correre con lei.

Il bus è deserto. Tutto per noi. In un attimo siamo alla stazione che ci accoglie con le sue luci e i suoi colori. E mi sembra bellissima. Il mio treno è già lí. È tardi. Devo andare. Mi fermerei ancora, ma ho anche voglia di andare perchè è come avessi paura che qualcosa possa rompere l'incanto. Guastare tutto. Non mi accorgo nemmeno di salire sul treno.

Ma perché i finestrini non si possono tirar giú? Però la vedo ugualmente mentre il treno parte. È andata un po' piú avanti sul marciapiede ed è lí che aspetta. Agita la mano. È bellissima.

La radiosveglia segna le 2,45

Beep Beep
Nuovi messaggi Angelo
Leggere ora?
Síííí
Costanza ci 6?
La tua pelle sotto la luna è di meringa...

Ta ta tin ta ta tin
Nuovi messaggi Costanza
Leggere ora?
Síííí
Ciao Angelo! Eccí. Meringa? Bello. Nessuno me lo aveva mai detto.
I tuoi occhi anche senza la luna sono il mondo.

Beep Beep
Nuovi messaggi Angelo.
Leggere ora?
Ok.
Tutto bene? Raffreddata? Anch'io. Eccí!

Ta ta tin ta ta tin
Nuovi messaggi Costanza.

Leggere ora?
Ok.
Potrebbe andare meglio? Ho un raffredd. con i virus bellissimi.
Notte dolce.

Beep Beep
Nuovi messaggi Angelo.
Leggere ora?
Di corsa.
Notte di luna a te Costanza. A domani.

Angelo e i ragazzi

«Dài! Parliamo di cose serie. Cosa hai fatto? Si è lasciata toccare?»

Mi danno fastidio queste cose. Mi danno fastidio. Perché Roberto deve essere cosí? Sempre pronto a ridurre i discorsi sulle ragazze a tette e culi?

Mi dà fastidio.

Lo stesso fastidio che provavo da bambino quando lo vedevo che in classe, per passare il tempo, strappava le ali alle mosche. O quando aveva portato a scuola una rivista porno. Mi aveva turbato, ma soprattutto mi aveva fatto un po' schifo.

E adesso anche i suoi discorsi mi fanno un po' schifo.

Non è cosí, l'amore, vorrei urlargli. Non è cosí. Non è toccare tette, culi e... Vabbè, è anche quello. Ma quello è la ciliegina sulla torta. Vabbè, la ciliegiona... È una cosa che viene dopo. Non prima.

Ma dopo cosa?

E allora mi fulmina un pensiero.

È questo l'amore? È cosí? Cosí semplice? Le cose che vanno a posto da sole. Per incanto. Un puzzle di un miliardo di tessere che un attimo prima è un mucchio enorme di pezzi di cartone grigi da una parte e colorati dall'altra, una promessa impossibile da mantenere di forme e di colori.

E un attimo dopo un castello incantato in una foresta, o una barriera corallina piena di pesci di tutte le forme e di tutti i colori. E ti chiedi come mai non l'hai visto prima, che i pezzi si incastravano cosí bene. Come hai fatto a non vedere in quel mucchio di pezzi il puzzle finito. E non è costato fatica. Ma allora perché succede cosí di rado?

E allora anche toccarsi, baciarsi diventano la cosa piú semplice e naturale del mondo. Sembra quasi che le mani sappiano da sole dove andare. Le tue e le sue. Non c'è bisogno di guidarle.

Allora è cosí essere innamorati. È il mondo che gira in perfetta armonia con te. È essere seduto al bar con il sole che ti scalda ma non troppo, e vedere che tutto, tutto, ma proprio tutto, le persone nella piazza, le nuvole nel cielo, gli sbuffi di vento, i colombi che becchettano, le formiche che trasportano le briciole sono al posto giusto. Che anche quella pietruzza incastrata tra un cubetto di porfido e l'altro deve essere proprio lí e non in un altro posto. È cosí semplice. E cosí difficile.

«Cavolo! Hai la faccia del pesce lesso. Ma allora sei proprio cotto!»

Ah già, Roberto è ancora lí accanto a me e mi guarda. E che battuta squallida! Da soap opera di quart'ordine. Da reality show per deficienti.

Sí, è vero. L'ho capito benissimo adesso e la cosa mi spaventa. E mi rende felice. Sono innamorato. Se questo è l'amore sono innamorato. Ma non dico niente. Mi giro e me ne vado. Non ho voglia di parlare con lui. Non capirebbe. E non ho voglia di sentire fesserie.

Le ragazze e le salamandre

Chiara si sbraccia dalla gradinata. È venuta alla partita di pallavolo del sabato pomeriggio. I calzoncini mi tirano sulle cosce. Forse sono ingrassata. Gianluca l'allenatore mi ha già rimproverata un paio di volte: «Devi trovare la concentrazione, la vedi quella? Quella ti mangia viva.»

Quella è una alta 1,80, ha gli zigomi sporgenti come due ali di aereo, e schiaccia con la forza di un maremoto. La mia concentrazione deve essere andata tra le onde.

Debora mi passa la palla, alta, troppo alta, provo a schiacciare ma il fallimento è totale, sotto rete riprendono la palla e maremoto ci si attacca come fosse l'ultimo boccone sulla faccia della terra e rimaniamo tutte come cretine quando vediamo la palla passarci davanti alla faccia e cadere a un metro all'interno della linea.

Gli applausi dei tifosi della squadra avversaria non mi danno neppure fastidio.

Zigomi sporgenti esulta con una capriola. Chiara dalla gradinata scuote la testa. Però sorride e mi manda un 'tonta' con le labbra e senza voce.

La partita è finita. Sono sudata e sento le guance in

fiamme. Gianluca neppure mi guarda. Tanto. Uno schifo. Ho giocato da schifo. Non mi importa.

Il fatto è che pensavo a ieri. Al secondo appuntamento.

Il fatto è che c'erano gli aghi dei pini del bosco incantato sopra la città dove siamo arrivati con un bus di cui neppure conoscevo l'esistenza, c'era il bosco umido dall'altra parte della rete e alberi curiosi che trattenevano il pallone, e poi gocciolavano grumi di neve fredda e soprattutto c'era la sua mano nella mia, le sue guance cosí vicine da vedere i pori e una barba leggera, poi niente intorno, solo un'astronave con una scaletta invisibile che se tu la sali riesci a volare e mica vedi palloni da ribattere, no, vedi tutte le cose di ieri e quelle di domani, le cose leggère come l'onda del mare che ti schiaffeggia o la mano della nonna sulla testa o il sorriso senza denti davanti di Chiara nella foto del nostro settimo compleanno. Cose cosí, senza peso. Anzi, che ti tolgono il peso.

E poi il fatto è ancora che c'era il suo fiato caldo sul collo che mi faceva il solletico e la pelle era diventata di pollo. Al di là della rete. Uno schifo bellissimo. E per giunta c'era che i vestiti non li sopportavo piú addosso, Dio con quel freddo, e mi vergognavo di pensarlo, però quando hai la febbre la cosa migliore non è spogliarti?

Non ancora. Chissà chi l'ha sussurrato. Dalla quercia lo spirito delle foglie? Oppure tu Angelo. Sai molto. Forse perché sei un alieno. Sai che non era ora, anche se poteva sembrare. Non era ancora perfetto, non ancora. Però, cosí dolce, cosí dolce. Pistacchio. E la magia non ora ma verrà. Solo questo, verrà.

E il pensiero, alla fine, un «non ti conosco» mandato via. Io ti conosco. Ho studiato molto sugli alieni, so tutto di loro. Riescono a vedere nei pensieri degli altri e quindi adesso dovrò stare attentissima. Riescono a non farti cadere a terra e portano giacche a vento comodissime dove ci si può sdraiare, nei boschi, a dicembre, con la neve qua e là, con la voglia di fondersi, glassa sulla torta.

Non so solo se tu sei per me, cioè non so se tu sei per me per sempre, meglio dire per molto, però so che tu sei per me adesso. Adesso, anche dopo per favore, anche domani ti prego, anche dopodomani, ti supplico.

Almeno finché sentirò l'odore del pistacchio e i tuoi occhi si allargheranno un po' nel guardarmi come se non riuscissero ad abbracciarmi tutta.

E poi? Ci sarà il dolore? Tanto? Insopportabile? Come quando la pancia si contrae e sai che arriva lo spasmo delle mestruazioni e ti devi rannicchiare per arrivare al respiro e corri verso un analgesico per poter magari camminare senza far smorfie in continuazione. Di piú? Sarà di piú vero? Come per Chiara?

Se Chiara fosse stata una salamandra.

Le salamandre non hanno bisogno di nascondersi anche se hanno sulla pelle nera macchie gialle, vistose come semafori; fanno paura ai lupi ai gatti selvatici alle volpi per via di un liquido urticante che lessa la bocca dei predatori come un uovo bollito.

Chi sarà? Non riesco a togliermi dalla mente il ragazzo segreto di Chiara.

La doccia è calda e lava via il sudore, il doccia schiuma alla vaniglia scivola bianco e fa le bolle sulla pelle arrossata.

Una salamandra. Conviene attrezzarsi di liquidi puzzolenti e maleodoranti. Conviene davvero?

«Se continui a giocare cosí, ti lascio in panchina.»

La voce di Gianluca è dura e tagliente. La mia passione per la pallavolo sembra svanita, cioè sono svanita io, vorrei dirgli. In un bosco incantato.

«In ogni caso Buon Natale.»

Intravedo l'ombra sparire. Ha ragione. Lui credeva

in me. Tutta la squadra contava su di me. Io sono brava a schiacciare, ma zigomi sporgenti lo è stata di piú. Non è neppure questo. Domani è Natale. Buon Natale. Io ho un amore questo Natale e solo questo conta. Adesso. Un amore non è che lo trovino facilmente le salamandre, per cui devo ritenermi fortunata. Un amore angelo e una stazione e Chiara che pensa che il prossimo Natale sarà diverso, sarà con pannolini e biberon, e che cavolo ci fa una di diciassette anni con il biberon?

Con l'accappatoio che mi lascia scoperte le gambe, corro fuori. Nei corridoi l'odore delle magliette sudate e le sacche aperte sulle confezioni di crema idratante e di shampoo non aggressivi e le voci dalle docce che raccontano le poche storie da raccontare e corro perché Chiara me lo deve dire. Io sono sua amica, e questo significa anche che se vuole, se lei vuole, diventiamo salamandre e ce li scordiamo i ragazzi finché magari non ne arriva uno che resiste al liquido urticante e se ne frega di avere la bocca lessata. Lo faccio, questo, per lei. Anche se...

Corro e non ascolto la falsa promessa. Finché la porta chiusa non mi fa rallentare. Da dietro la porta a vetri smerigliati l'ombra è grande e mi fa fermare di botto.

«Non qui, non adesso.»

L'ombra sussurra e muove le braccia come fossero rami stecchiti di un albero perso.

«Ti prego, ti prego.»

La voce non appartiene a nessuna ombra però la riconoscerei tra mille. Chiara.

Mi avvicino. Adesso la vedo, l'ombra piccina. Cosí piccina che potrebbe stare in una scatola da scarpe, cosí perduta da sembrare nel deserto. Mi viene la nostalgia della stazione con Luigi e le caldarroste e la gente che va e che viene. Una stazione dove puoi perderti e stare al sicuro se ti riesce di evitare i Babbo Natale.

L'ombra grande se ne va. Rimane quella minuscola

cosa. Apro la porta e lei mi vede. Tra le lacrime ha qualcosa, forse un pezzo di cristallino venuto giú per lo sforzo di non sentire dolore.

Le salamandre ustionano i nemici. Vedrai Chiara, vedrai. Sarai capace di diventare un'ombra grande.

Devo telefonare ad Angelo.

Angelo e il Natale

«Sei sicuro di star bene? Non hai protestato nemmeno una volta. Da te non me l'aspettavo. Mi hai tradito. Mi hai lasciato solo.»

Papà ride. È un vecchio tormentone, questo.

«D'accordo! Mi mancava la discussione della mattina di Natale. Forza, diamoci da fare, cosí ci leviamo il fastidio una volta per tutte ed è morta lí.»

Questa è mamma. Non sorride. D'altronde come si fa a sorridere se sei seduta in auto e tieni sulle ginocchia una enorme pentola che contiene una quantità industriale di bollito misto e qualche ettolitro di brodo che cerchi disperatamente di non versarti addosso?

Ma mamma non sorride anche perché non ha il minimo senso dell'umorismo. Nel senso che non capisce quando qualcuno scherza e finisce per prendere tutto estremamente sul serio. Come se non bastasse è molto permalosa per cui, se poco poco una battuta le va di traverso, si arrabbia di brutto.

Siamo in auto e finora la recita di Natale, come la chiamo io, si è svolta secondo un copione eterno che si dipana implacabile da quando riesco a ricordarmi.

Tranne per il fatto che, per la prima volta da quando ho l'uso della parola, non ho protestato.

Già, perché si ricordano tutti che le prime, ma proprio le prime parole che ho pronunciato dopo 'mamma', 'papà' e 'cacca' sono state un sonoro '*no veno*' riferito al Natale dalla nonna.

Anzi, papà non manca di far notare che è stata la prima frase in senso assoluto che abbia mai pronunciato. Sia pure di sole due parole, ma che esprimeva molto bene un concetto su cui è d'accordissimo da sempre. Il che, secondo lui, è segno di un carattere particolarmente forte.

Ma io quest'anno non avevo voglia di discutere e stavo passando il tempo del viaggio mandando sms a Costanza.

Per farla breve. Esiste nella mia famiglia una legge non scritta, ma assolutamente non trasgredibile, pena sanzioni sconosciute ma tremende, che recita, in un solo unico e brevissimo articolo: «Il Natale bisogna passarlo dalla nonna.» Per la precisione la mamma della mamma.

Per me è cosí da quando sono venuto al mondo. Il giorno di S. Stefano invece i nonni paterni vengono da noi.

Il papà della mamma, mio nonno, è morto. Non me lo ricordo, è successo che non avevo nemmeno un anno.

E da allora, ma papà dice anche da prima, la nonna è in depressione.

Quando ero piccolo credevo che la depressione della nonna fosse qualcosa di strano ed esotico che avesse a che fare con il mar Caspio. Sentivo quella parola solo in casa e poi andavo a scuola e vedevo la stessa parola scritta sulle cartine dell'Europa, a destra, verso il basso, «Depressione caspica» in una zona colorata di un verde piú scuro.

Cosí un giorno ho chiesto a mamma cosa c'entrava il

mar Caspio con la nonna. E lei mi ha spiegato che la depressione della nonna è una malattia. Che le impedisce di sorridere, di venire da noi, di prendere il treno, di salire in auto. E allora bisogna andare noi da lei.

Da un lato non è male. La nonna con i regali e con i soldi non ci va giú leggera. Ma è l'unica nota positiva. Per il resto, il Natale diventa di una tristezza infinita. Un copione mal recitato.

Al mattino ci si alza presto, perché ci scambiamo i regali sotto l'albero io papà, mamma e Carla, mia sorella, ed è la cosa piú bella del Natale, ma bisogna fare in fretta, perché poi mamma deve cucinare. La nonna infatti se deve cucinare per tutti noi va in ansia.

Quando ha finito bisogna prendere pentole, teglie, padelle, piatti, vassoi, contenitori vari, imballare tutto perché non si rovesci e caricare ogni cosa in auto. Il che porta papà a pronunciare, quando stiamo per partire, sempre la solita battuta.

«Vediamo di non fare come qualche anno fa» e si riferisce a quella volta che una pentola intera di sugo si era versata sui sedili posteriori. Io ero piccolo e ricordo però che il Natale era stato piú movimentato e perfino gradevole. Se non fosse stato per il tremendo litigio avvenuto tra mamma e papà e per l'odore che era rimasto in auto per mesi, tanto che tutte le volte che ci salivo mi veniva la nausea.

Poi si riempiono borse o borsoni con i regali per la nonna e gli zii, che non hanno figli, e ci si fionda a velocità supersonica a casa della nonna per preparare tutto in fretta, perché lei è abituata a mangiare a mezzogiorno in punto e va in crisi se si tarda un po'.

Il che vuol dire che va in crisi regolarmente, perché gli zii, vale a dire la sorella della mamma e suo marito, arrivano regolarmente in ritardo. Non mi ricordo una volta che siano arrivati in orario. E allora la nonna gira per casa guardando l'orologio dell'ingresso, una vecchia pendola che scandisce un tic tac inquietante che al confronto il Big Ben è un sonaglino per neonati, dicendo ogni trenta secondi, «Sarà mica successo qualcosa?»

Papà allora si arrabbia. Già non ama molto i cognati. Li chiama 'Barbie' e 'Ken' e non ha tutti i torti, abbronzati e palestrati come sono. E comincia a borbottare di rispetto per gli altri e cosa si credono, solo perchè sono dei maghi del computer e se la tirano con il BMW e i viaggi alle Maldive, di poter fare quello che vogliono?

Già, perchè papà non li ama molto. A me tutto sommato sono simpatici. Li vedo poche volte all'anno, ma al mio compleanno e a Natale i regali e una busta con cento euro arrivano sempre.

Ma papà è troppo diverso da loro. Come lo può essere un insegnante di storia dell'arte rispetto a due persone laureate in ingegneria informatica che girano il mondo per far funzionare computer complicatissimi.

E infatti finisce quasi sempre per discutere con loro. Almeno fino a quando mamma non lo gela con una sola occhiata. Non che non sia d'accordo. Ma, e ha perfettamente ragione, non vuole che si discuta davanti alla nonna.

A pranzo poi si mangiano sempre le stesse cose. Tortellini in brodo e bollito misto.

«Piacevano ad Attilio» che sarebbe poi il nonno, dice la nonna.

Che regolarmente a ogni portata piange. Imbarazzando tutti. Una volta aveva anche messo il posto a tavola per il nonno. Ero piccolo. Papà, senza dire niente, aveva preso me e Carla, mia sorella, ci aveva vestiti e ci aveva portati fuori.

Mamma ci aveva recuperati quando eravamo già seduti in pizzeria. Quando siamo risaliti il piatto era sparito.

Poi ci scambiamo i regali. Papà regolarmente riceve un maglione. Ma glielo compra la mamma. La nonna non ne sarebbe capace. A lui piacciono e dice che ha finito per dividere i suoi maglioni per annate. Come i vini.

L'unica cosa positiva è che alle due del pomeriggio è tutto finito. E allora, mentre la mamma si ferma dalla nonna con sua sorella, io, papà, lo zio e Carla, mia sorella, di solito andiamo al cinema.

Ma quest'anno non ho voglia di stupidi film natalizi. Cosí dico che voglio tornare a casa. E allora Carla mi dà un passaggio. È grande e ha la patente.

«Ti ho visto l'altro giorno, sai? È carina. Come si chiama?»

La guardo e arrossisco.

Lei ride.

«Sul serio. È molto bella ed è innamorata di te. Si vede lontano un chilometro. E tu di lei?»

Arrossisco ancora di piú. Ormai devo essere viola. Mi sento la faccia in fiamme. Vorrei dirle di farsi i cavoli suoi, chiederle come ha fatto ad aver capito tutto questo solo con un'occhiata di sfuggita, perché io proprio non mi sono accorto che lei mi avesse visto, ma dalla gola mi esce solamente un borbottio indistinto. E allora mi arrabbio con me stesso. E anche con lei. Perché si sta divertendo. Si vede.

Poi la guardo e il suo sorriso mi fa passare tutta l'arrabbiatura. Mi sfiora i capelli con la mano. Ed è un gesto di tenerezza infinita.

«Il mio fratellino...» dice.

Poi continua.

«Eravate alla stazione. Io stavo arrivando dall'università. Eravate bellissimi.»

Si ferma. Siamo arrivati. Scendo.

Lei mi fa un ciao con la mano e mi saluta.

Devo mandare un sms a Costanza.

Le ragazze e la felicità

«Hai una faccia strana.»

Mia madre che mi osserva. Una novità.

«Strana come?»

«Bah, non sarai mica con l'influenza? Sembri da buttare.»

«Grazie ma'.»

Ride e se ne va con l'arrosto da mettere in forno. È Natale. Le luci dell'albero sono accese e sotto scintillano i pacchetti che nascondono una piccola capanna della natività. È Natale. È mattina ancora presto, ma non riuscivo a dormire. Papà invece si gode il sonno. I rumori dalla cucina mi hanno fatto pensare che fra poco sarà di nuovo pomeriggio e lo stomaco ha cominciato a brontolare. È strano, quando penso ad Angelo mi viene fame. Dio, che cosa diventerò? Una specie di balena? Prima astinenza da cibo, adesso, vorrei mangiare il mondo.

«Davvero Costanza, sei sicura, vuoi misurarti la temperatura? Ci mancherebbe altro, il giorno di Natale.»

«Ma no, niente, mamma, senti la fronte, è fresca.»

Vorrei dirle che sono felice. Felice in un modo speciale e per questo diversa. Perché adesso capisco che non c'è un solo modo per essere felici e che non è uguale per tutti. Oggi è Natale e io sono felice. E non so per quanto potrò esserlo, perché mica può durare cosí con questa fame continua e questa assenza di sonno e la voglia di non pensare agli altri e il disinteresse per le pene degli altri. Come se il mondo si fosse rimpicciolito e ci potessi stare solo io con sette gambe e dodici braccia, venti stomaci, cinquanta occhi. Tutto aumentato. Durerà quanto? Afferro un biscotto e quasi lo deglutisco. Quanto? Ma davvero è importante il quanto? Vado avanti, avanti ancora con le mie sette gambe con quattordici piedi e so che ci sarà uno stop da qualche parte. Un semaforo rosso.

Però adesso sono felice e credo che questo sia importante.

«Sei felice mamma?»

Si blocca con lo strofinaccio puntato sul tegame di acciaio lucido. Mi guarda per un attimo poi fugge via. Chissà dove va, dietro ai ricordi, dietro alle pentole d'acciaio o dietro l'arrosto in forno o piú in là verso i suoi capelli ben pettinati, freschi di parrucchiere, verso le isole che non ha mai visto e che ha sognato tante volte, verso l'ufficio dove nel cassetto tiene un rossetto segreto che io una volta ho intravisto sulle sue labbra e appena si è accorta che lo stavo guardando curiosa se lo è subito tolta leccandoselo via con la lingua. Vai anche tu verso una stazione dove hai lasciato un pezzo di cuore? Verso dove, mamma?

«Ma certo.»

Ma certo. Ma certo. Capisco. Non sei felice. Non è possibile esserlo come lo sono io. Non sempre. Normale. Anch'io sarò cosí. Ma non importa, non importa. Un regalo. La felicità. I regali si consumano a forza di usarli, normale. Normale. Un regalo che ogni tanto viene e ti dà la forza di mandare al diavolo il mondo quando serve. Un regalo per i momenti bui e tristi. E se non si avesse neppure questo nei momenti bui e tristi, come cavolo potresti fare?

Io Chiara l'ho vista felice, tanto felice, due anni fa alla gita a Venezia. Lei che ama cosí tanto l'acqua, trovarsi in un mondo d'acqua. Aveva gli occhi scintillanti e quasi piangeva sul motoscafo e non ha quasi parlato per mezza giornata. Ecco, io mica ero felice, cioè, non felice come lei. Ognuno ha il suo modo di essere felice. Credo, anzi ne sono sicura.

Mi viene in mente che potremmo andare a Venezia, io e lei. O forse vicino a una fontana a guardare l'acqua. Già, ma adesso è gelata. L'acqua. Ferma. Immobile. So che a lei l'acqua piace perché va, gorgogliando, non si pone il problema di dove sta la via giusta. Non si guarda intorno, va per la strada segnata e quando provi a fermarla ne trova altre di strade, se le costruisce da sola.

Me l'ha detto quando la prof. voleva tirarla via dal Ponte dei Sospiri e io che le dicevo scema, ma sarai scema, ti perdi l'albergo e le canzoni suonate con la chitarra da Fabio che è bravissimo con Renga e a rockeggiare e ti fa ridere con le imitazioni di tutti i prof., specialmente quello di disegno che ha la passione per le bandane e ogni giorno se ne lega in testa una diversa, e ti perdi la favola dello stare una notte intera svegli a far cose stupide con i cuscini che volano e le sigarette che girano e i pensieri neppure finiti; perché se non vieni via adesso quella si stufa e si incavola e ci mette in punizione tutti.

Cosí si è lasciata portare via. Ma mica l'ha fatto per noi. Macché. Ne sono sicura. La punizione consisteva nel lasciarla in albergo il giorno dopo e nel chiamare i suoi. E lei si sarebbe persa il vaporetto, Ponte di Rialto e tutte le acque che fanno nascere le case e i palazzi come fossero pance di mamme buone.

Era cosí felice il giorno dopo. Se è vero che abbiamo l'anima, quella di chi è felice si deve allargare e allungare e viene fuori dal corpo come un elastico e rimane cosí fuori perché ha tante cose da provare, tanti sentimenti da accarezzare e tante voci da ascoltare. Si fa amare e si fa coccolare come i bambini viziati ed è anche parecchio egoista perché sa che non potrà starci in eterno là fuori a godersi quel cielo e quelle nuvole e quel colore che pochi sanno chiamare con il nome giusto, il nome giusto per un colore. Il nome giusto per un viso, per due occhi e per un sorriso. Solo quello conta. Un elastico prima o poi deve tornare.

Nessuno ci faceva caso a quanto era felice Chiara quel giorno. Neppure io, a dir la verità, perché io aspettavo una felicità diversa. Questa.

Era cosí, Chiara. Felice.

Ora non lo è piú.

«Buon Natale.»

Papà sbadiglia, si allunga nel pigiama di flanella e si gratta la barba. Ha una barba bellissima, con i riflessi rossi.

«Buon Natale, papà.»

Lo abbraccio e sento l'odore di felicità. Forse è il mio odore. Non mi sbaglio, è il mio, forse il suo è evaporato da tempo. La felicità ne deve avere uno, come l'odore delle lacrime l'odore del pane e l'odore dell'arrosto che vien fuori dal forno e riempie le stanze.

Mi vien voglia di chiederlo a papà qual è l'odore della felicità. Poi invece sto zitta e me la filo verso l'albero luccicante che sta davanti alla finestra e dal vetro che si appanna con il fiato guardo la neve ai bordi della strada ancora deserta e ascolto le chiacchiere dei miei che ripetono per la centesima volta l'ora di arrivo dei nonni e che bisogna andare a prenderli alla stazione.

Le pantofole sono calde e comode, però i miei piedi sono già in altre scarpe, in un pomeriggio con la neve di un Natale felice. Quest'anno.

La partita

Che partita del piffero! Tutte due le squadre troppo deboli per vincere. E troppo forti per perdere. Cosí è un'ora che andiamo avanti con il titic e titoc a centrocampo. E fa pure un freddo da vigilia di Natale. Ma cosa gli è preso di recuperare una partita proprio oggi...

«Ehi! Angelo! Sveglia!!!»

Okay, Mister! Non trapanarmi i timpani. Non c'è problema! L'ho vista la palla che arriva. L'ho vista. E non c'è nessuno che possa prendermela. L'ho vista. L'ho v...

L'HO VISTA!

È lei! Costanza. Deve essere arrivata adesso. Mi aveva detto che non poteva. Che aveva la partita di pallavolo. Invece è là, aggrappata con le mani alla rete di recinzione. Sta gridando. Cosa dice?

Questa palla la devo stoppare bene per lei. Solo per lei...

Gridano tutti adesso. Spettatori, compagni, il mister, ma lui non è una novità.

Ma cosa vogliono? Dài, cosí mi buttate per terra. C'è odore di sudore, di terra e di erba gelata. Cosa dicono?

Non me ne frega niente! Fatemi vedere lei! Costanza! Lasciatemi stare! Costanza! Costanza!

Ho capito adesso. Il papà di Mario aveva la telecamera e ha ripreso tutto. Nel bar del campo sportivo c'è la televisione e ho potuto rivedermi. Incredibile! Ma ero proprio io quello? Sai che sei tu, ma ti sembra impossibile.

Anche se le inquadrature sono un po' tremolanti, si vede benissimo il pallone che arriva verso di me dall'alto, a campanile. Lo stoppo con eleganza al limite della mia area con il petto e me lo faccio cadere sul piede. Poi parto. Dritto per dritto. Quando arrivo a centrocampo mi sono già bevuto tre avversari. Con finte e controfinte. Poi proseguo. Ne salto altri due ed entro in area.

Nell'audio si sente benissimo la voce del loro mister che urla: «Legnalo! Legnalo! Quello va in porta. Non è possibile!»

Quel macellaio del loro centrale viene verso di me. Mi entra carogna sulle caviglie a piedi uniti, in scivolata. Gli faccio passare il pallone sopra le gambe, poi salto, schivo l'entrata e gli ricado su una gamba.

Si sente il suo grido, ma ormai sono all'altezza del dischetto del rigore. Si intravede per un attimo la faccia del portiere che mi viene incontro. Ma ormai è tardi.

Mi coordino e proprio dal dischetto del rigore lascio partire una fucilata. Il portiere prova a prenderla. Non ci riesce. Per sua fortuna. Gli avrei rotto la mano. L'avrei bucato da parte a parte. Non l'avrebbe presa nemmeno Buffon. Finisce in pieno sotto il sette. Nemmeno l'avessi telecomandata.

Poi si vedono tutti che mi corrono incontro e mi abbracciano. Si sentono le urla. Il mister prima di tutti. Ma questa scena la conosco. Me la ricordo. Però è buffo vederla da un'altra angolazione.

Poi la telecamera inquadra il loro centrale a terra che si tiene la gamba, mi dicono che l'hanno portato all'ospedale, ma non dovrebbe esserci niente di rotto, solo una bella botta. Ben gli sta. Faccio riandare indietro la registrazione e si vede benissimo che, se mi avesse preso, mi avrebbe spezzato la caviglia.

Ma ho fatto tornare indietro la registrazione per un'altra cosa. Dopo il gol parte una carrellata sulla gente che grida.

Si vede benissimo Costanza che urla. Solo che non è lei. Non gli somiglia nemmeno. Ha solo un giaccone come il suo. E forse i capelli.

Mi viene da ridere quando mi dicono che è la ragazza del 5, di quello che ho acciaccato. Per quello urlava. Altro che incitarmi. Mi stava insultando. Riesco a leggere almeno in parte il labiale. Se si realizzasse la decima parte di quello che mi augura finirei lebbroso a vivere sotto i ponti.

Comunque non è lei. E allora mi spiace che non abbia visto quello che ho fatto. Solo per lei. Anche se non mi sono nemmeno accorto di cosa stavo facendo.

Mi farò dare la cassetta. Sarà bello consegnargliela e raccontarle quello che è successo.

Invito

Esco da scuola. E la vedo. Nini. Nini che è diminutivo di Domenica, un nome che mi ha sempre fatto ridere. Da un lato mi fa pensare a Venerdí, quello di Robinson Crusoe, e dall'altra a mia zia Menica, la zia della mamma per la verità, che non si è mai sposata e che mi bacia tenendo indietro il corpo e le labbra, come se avesse paura a toccarmi.

Chissà se l'hanno trovata di domenica come Venerdí di venerdí?

Però Nini è una delle piú belle della scuola. Ci muoiono tutti dietro. E sta venendo verso di me. Mi giro. Non c'è nessun altro. Mi guarda. E poi scoppia la bomba.

«Sabato pomeriggio c'è la mia festa di compleanno. Se vuoi venire...»

Mi porge un cartoncino.

«Ecco qui, è l'invito, ti serve solo per capire dove devi venire, c'è la piantina.»

Poi si gira e si allontana. Però fa pochi passi e si volta. Mi guarda e il suo guardo è come se dicesse mille parole.

«L'invito è per una persona sola.»

Sto per ribattere che tanto Costanza sabato è dai nonni con tutta la famiglia, ma mi mordo la lingua. Ho capito il sottinteso. Alla festa ha invitato me. Solo me.

O cavoli! E che faccio? E se anche lei volesse... Non è possibile. Non è possibile una cosa del genere. Prima Costanza e poi Nini. In un paio di settimane. Sto battendo dei record mondiali.

Ma allora è proprio vero quello che diceva Roberto. Le ragazze se ne accorgono se uno... se uno... insomma se ha già fatto sesso o... vabbè, se almeno c'è andato vicino. Se ha baciato una ragazza. Se una ragazza si è innamorata di lui.

Roberto non ha dubbi.

«È cosí ti dico. Hanno delle antenne che noi ci sogniamo. Capiscono al volo e uno che ha la ragazza piace perché dà garanzie che ci sa fare, che non è imbranato.»

«Sí! Ma io con lei sarei imbranato lo stesso. È cosí bella! Ed elegante. E ci muoiono dietro tutti. C'è addirittura uno con il Fiat Coupè, un universitario, che ogni tanto la aspetta fuori della scuola.»

«Seee! Il Fiat Coupè. Una macchina vecchia, di quelle 'vorrei non posso'. Non è mica una Porsche. O almeno una BMW. Magari l'ha comprata di seconda mano. Lei non lo guarda nemmeno quello lí. Mai vista salire lí sopra.»

«Però sulla Range Rover del fratello di Simona, quella della quinta A, lí ci sale.»

«Che vuol dire? Porta a casa la sorella e le dà un passaggio. Anche se...»

Eh già.. anche se... Quello avrà anche la faccia un po' stronza, ma è mica strapenato come me.

«E allora?»

«E allora? E me lo chiedi anche? Ti sta cercando. E adesso dipende tutto da te.»

«Ma le ragazze cercano sempre i ragazzi piú grandi. La prof. di italiano ha detto che le ragazze maturano prima. Cosa se ne fa di uno come me? Non ho nemmeno la macchina.»

«E Costanza? È tanto piú vecchia di te?»

Ha ragione, Costanza ha solo pochi mesi piú di me, ma Costanza non conta. Lei è l'Amore. Con lei è tutto cosí facile. È un'altra cosa. Ma non glielo dico.

Anche perché ha ricominciato a dire fesserie.

«E poi guarda! Quella della maturità è una balla. Il mio ambaradan per esempio è già maturo da qualche anno.»

Il gesto che segue è inequivocabile. Braccio piegato, avambraccio verso l'alto, pugno chiuso rivolto al cielo. Che idiota!

«Guarda che ti ho visto nudo piú di una volta e...»

Sa già dove voglio andare a parare. Una volta in piscina c'era una bimbetta con suo padre negli spogliatoi maschili. È entrata che io e Roberto eravamo nudi. Ci siamo coperti subito, ma la voce della bambina si è sentita benissimo.

«Quello lí ce l'ha piú piccolo di tutti» aveva sentenziato indicando Roberto.

Mi aveva fatto piacere in fondo. Soprattutto che non avesse indicato me. Però è una storia che non ho mai raccontata in giro. È un amico, in fondo, e gli voglio bene. E lui lo sa e me ne è grato. Però gli scoccia che ogni tanto la tiri fuori.

Si mette a ridere, ma si vede che gli girano.

«Be', eri tu a essere nudo davanti a me. E ci mancherebbe che mi facessi muovere qualcosa a sud dell'ombelico. Non sono mica un finocchio. Dovresti vedermi nudo quando guardo tua sorella.»

E questo mi dà ancora piú fastidio. A me solo pensare di baciare un ragazzo come ho baciato Costanza fa un po' senso. Ma se a qualcuno piace... In fin dei conti sono affari suoi, e nessuno ha il diritto di insultarlo.

E poi mi scoccia che parli cosí di mia sorella.

«Guarda che mia sorella ha ventun anni e uno come te non se lo fila proprio. Nemmeno di striscio.»

Ma lui non perde la battuta.

«Perché non ha ancora visto il mio ambaradan.»

Sto zitto. Con lui è inutile parlare di certe cose. Siamo insieme dalla materna ma ogni tanto non lo sopporto.

Lui però continua.

«Comunque ti ha cercato e tu sei un pirla se non ti dai da fare. Mio fratello dice che ogni lasciata è persa.»

Mi viene in mente quando papà ha detto la stessa cosa una sera a cena con amici e la mamma si è arrabbiata di brutto.

«Ma io.. e Costanza...»

Mi rendo conto che la mia è una specie di difesa d'ufficio. È vero. Sono innamorato di Costanza, ma in fin dei conti che male faccio se...

E so già di condividere la sua risposta prima ancora che parli.

«Non l'hai mica sposata. Hai sedici anni... E poi occhio non vede cuore non duole.»

«Non sapevo che conoscessi i proverbi.»

«Quelli che servono sí.»

«Di'...»

Roberto mi guarda. Sa già cosa gli voglio chiedere, ma mi lascia finire la frase.

«Per sabato me lo presteresti il motorino? Tanto hai la partita. Ti faccio il pieno.»

Lo so che non lo presta volentieri. Lo so che mi costerà decine di favori per un anno almeno. Ma non può dirmi di no.

Infatti.

«Ti do le chiavi sabato mattina a scuola.»

Le ragazze e il sesso

«Forse dovresti fare qualcosa.»
«In che senso?»

Non ho il coraggio di dirlo, di tirarla fuori, la parola. Il verbo. Mi sento impotente. Io sono cosí felice. Angelo è andato dagli zii un paio di giorni, mi manda messaggi di baci e di fuochi d'artificio e di cose idiote bellissime, ma non basta. Mi manca.

Guardo Chiara e mi vergogno. Si consuma ogni giorno di piú. Sta diventando trasparente. Strano, quando si aspetta un bambino di solito si ingrassa. Ma cosa ne so io di tutto questo? Poco o niente. Come ci si sente ad avere qualcosa che ti cresce dentro, che mangia quello che mangi tu, che vede come sei dal di dentro. Oddio. Terribile.

La stazione è quasi deserta, l'aria di tramontana la rende piú respirabile, le panchine in ferro quasi tutte libere. Noi siamo fedeli al legno.

«Perché veniamo sempre a finire qui?»

«Sei tu la patita delle stazioni.»

«Anche tu, non negarlo.»

«Be', il fatto è che le nostre migliori rime le abbiamo composte qui.»

«Capostazione bastardo, treno in ritardo.»
Ridiamo, finalmente ride.
«Hai pensato di abortire?»
Mi esce un gemito. Non doveva venir fuori cosí, come una domanda secca. Non come: hai visto l'ultimo film di Muccino? Hai mai mangiato la papaya? Hai ricaricato il cellulare? Sí, no. La guardo smarrirsi.
«Scusa, scusa. Sono una deficiente.»
«Ma figurati. Ci penso a ogni istante, a ogni miliardesimo di secondo.»
Ha gli occhi asciutti. E allora capisco il suo segreto. Chiara ha le lacrime solide. Si devono essere cristallizzate dentro.
Mi prende la mano. È fredda e rossa la mia mano, con le unghie poco curate.
«Cosa sono tutte queste bollicine? Anche sul braccio...»
«Ah, niente, credo di essere allergica alla resina dei pini.»
«Ai pini? E da quando?»
Sento il rossore salire sulle guance e mi sento cosí stupida. Poi rido e lei con me.
«No?! Non dirmi che? Hai fatto sesso? Cavolo. Tra i pini. Be', meglio che sul sedile di una macchina. 'Sesso nel bosco, forse un tipo losco?'»
«No, no, cioè quasi... insomma. Non era il momento. Almeno credo. Oh Chiara, ma che importa adesso di me. Sei tu che...»
«Sono io la scema. Dillo.»
«Ma cosa devo dire? Ma dài, Chiara. Sei tu quella che ci rimette. Chi è quella carogna che ti lascia sola in questo momento?»
«Hai detto bene. Carogna. Però lui neppure lo sa. E non voglio che lo sappia. Hai capito Costa?»
Alza la voce. Da quanto tempo non mi chiamava Costa... Dai giuramenti solenni sui segreti da poco: «*Ho visto un uomo nudo. Nudissimo. Davvero? Chi era? L'istrut-*

tore di nuoto. Mentre saliva le scalette della piscina, il costume gli è sceso fino alle ginocchia. Dio, dio. Com'era? Terribile. Pieno di peli e arrotolato. Arrotolato? In che senso. Come la girella? Uhmm. Sí, quasi. Però adesso giura che non lo dirai a nessuno. Giura. Giura Costa...»

Deve scambiare il mio sorriso per altro. Scompare ancora un po'. Un po' di spalle se ne vanno.

«Non voglio che sappia.»

Adesso sussurra e sembra ancora peggio.

«Perché? Forse ho capito. È sposato? È fidanzato? Convive? È disoccupato extracomunitario senza permesso di soggiorno senza tetto malato? Imparentato con una velina? Sfigato? Ma chi è?»

Non sorride, non risponde. Schiaccia con la punta dello stivale una scatola vuota di salatini e alcune briciole escono fuori. I piccioni ringraziano.

«Domani vado dal ginecologo. Ho preso un appuntamento.»

Fa sul serio. È tutto vero. Non c'è scampo. Abbiamo diciassette anni neppure compiuti, zaini pieni di libri e compiti per le vacanze che occupano troppe pagine del diario, abbiamo feste di compleanno ancora con la torta e una candela o due di rappresentanza e abbiamo magliette scolorite da indossare sopra seni che, almeno spero, devono ancora crescere, e abbiamo gesti d'amore da imparare e carezze profonde da capire. Eppure succede.

Mi vengono in mente i suoi genitori. Cavolo. 'Il tailleur grigio' cosí chiama sua madre avvocato. Suo padre è un chimico dai capelli 'frizzanti'. Molto lavoro. Molto.

Come tutti. Come tutti a riempire barattoli vuoti con il fondo squarciato. Come mia madre anche se fa solo l'impiegata statale mal pagata con un rossetto segreto nel cassetto e come mio padre direttore del magazzino del supermercato appena prima della periferia che certe sere sembra essersi perso, anzi sembra abbia sbagliato indirizzo e si senta quasi di troppo.

«Allora, non mi chiedi cosa voglio fare?»

«Te lo chiedo sí. Però prima ti accompagno dal ginecologo.»

La dottoressa si chiama Sabrina. Ha un neo sul mento grosso come un centesimo. Apre la porta e sorride. Cosí si vedono i denti un po' storti. Chiara la guarda dentro gli occhiali pulitissimi. So cosa sta pensando. Ha lo stesso sguardo impaurito e arrabbiato di quando faceva il corso di nuoto e non riusciva a imparare a nuotare.

L'istruttore la spingeva dal trampolino a sorpresa, carognate per niente divertenti, ridevano tutti e lei stringeva gli occhi, spanciava nell'acqua, e quando riemergeva aveva quello sguardo. Al cloro. Poi per fortuna l'acqua ha saputo accoglierla senza spingerla.

Lo studio è privato. I soldi non le mancano. Almeno quelli. In un angolo uno scrittoio e nell'altro un lettino. Chiara si spoglia dietro un separé, io mi siedo e aspetto con la testa all'ingiú. Non sono mai stata da un ginecologo. Sbircio lei che si sdraia e appoggia le gambe aperte su un trespolo e la dottoressa che le tocca la pancia e poi infila un guanto e con la mano va tra le cosce guardando un punto indefinito del muro.

Mi viene da serrare le gambe. Come se stesse esplorando me. C'è un silenzio strano. Solo il ronzio del riscaldamento al massimo. Poi la dottoressa comincia a parlare, quasi a se stessa. Chiara non fiata. Non vedo la sua faccia. Solo le gambe magre che penzolano.

«Ora puoi rivestirti, sai. Facciamo un'ecografia.»

Lo studio diventa quasi buio. Il monitor frigge un po'.

«Vuoi vedere anche tu?» mi domanda con gentilezza.

Mica lo so, vorrei rispondere. Invece mi avvicino e prendo la mano di Chiara nella mia e la sento quasi vibrare. Ha paura. Paurissima.

Appaiono sullo schermo una serie di macchie scure filettate di grigio, poi una macchia si apre in una specie di corolla. Come si è dentro. Una serie di cunicoli, di vasi sanguigni, di pezzi di carne.

«Hai un bell'utero. Sei una ragazza sana.»

Ho il fiato sospeso. La dottoressa non ride, non sorride. Si è fatta serissima.

«Quando hai avuto il ciclo, l'ultima volta?»

Sento la mano di Chiara lasciare la mia. Vuole essere sola, adesso. Lei è cosí, vuol sempre affrontare i draghi da sola.

«Due mesi fa.»

«E l'ultimo rapporto completo? Non protetto?»

Neppure sospira. Neppure prende tempo. Chissà quante volte ci avrà pensato. Non protetto. Poteva succedere anche a me, nel bosco incantato. Ma Chiara, cosí precisa! Lei che sa mettere tutto in fila. Uno, due, tre. A B C. Chissà quanti conteggi con giorni, ore e minuti avrà fatto.

«Subito dopo il ciclo. Quasi due mesi fa.»

«E il test di gravidanza era positivo? Lo hai fatto da sola? Una settimana fa?»

Lei non risponde. Annuisce piú volte e allunga la mano per tirar fuori dallo zaino una scatolina azzurra. La porge alla dottoressa che guarda con interesse il colore rosa di un tampone dentro un vasetto di plastica trasparente.

«Accidenti, adesso resistono anche tutto questo tempo. Due anni fa, il tampone tornava del colore originario dopo qualche ora.»

Poi succede. La dottoressa manovra quella specie di joystick che tiene in mano e lo schermo si riempie di movimento. Un movimento rapido, come un respiro affannoso. Un grumo che si muove al ritmo di un tamburo impazzito. Il movimento non si ferma. Io ci spero, per un po'. Che si fermi, che arresti quel tam tam tam che vien fuori dallo schermo e va dentro il cervello. Fermati, fermati. Scompari. Vattene via. Lei è piccola, quasi quanto un grumo. Non puoi fare tutto questo rumore. Tutto questo sconquasso. Fermati adesso e tutto tornerà bello come prima. Chiara sarà di nuovo felice e andrà a vedere l'acqua.

«È il cuore» sussurra la dottoressa, toccandosi gli occhiali.»

Gennaio, dicembre, novembre. Due mesi fa. Che cosa facevo io due mesi fa?

Non mi ricordo niente. Solo che ancora non conoscevo Angelo.

Usciamo dallo studio che è quasi buio. Nella borsa carta, molta carta, che dice cose assurde. Gravida. Incinta. Analisi da eseguire. Per vedere la ferritina. Chi se ne frega della ferritina? Rivolgersi a dott.ssa Marella della ASL. Consultorio familiare. Marella. È un nome o un cognome?

Puoi ancora decidere l'interruzione. Ah sí. Il movimento che si interrompe. Finisce. È mica un cuore cuore. È una specie di macchia dentro un monitor che ondeggia. Chiara hai capito? Puoi ancora. Per poco. Hai aspettato parecchio. Però ancora si può scegliere. Scegliere. Da una parte o dall'altra. Con la squadra dei Joker o con la squadra dei Queen. Un colpo di fortuna. Scegliere. Non è cosí? È cosí semplice. Vai dalla parte giusta, dalla parte che ti conviene. Vai. Dove diavolo vai?

«Non dire niente a nessuno. Giura Costa.»

«E c'è bisogno di chiederlo? Ma certo. Perché non ti fidi di me?»

«No, non è questo. Non mi fido di me. Di te mi fido. Sempre.»

Le urla arrivano da dietro. Mi guardo intorno. Un campo da calcio. Oddio, certo. Angelo mi ha detto che qualche volta viene ad allenarsi qui con i suoi amici, quando ha il pomeriggio a scuola. Urla parolacce risate. Bellissimo sarebbe vederlo lí. Trattengo lo sguardo sul pallone che vola, supera la bassa recinzione e come un proiettile colpisce la spalla di Chiara. Lo zaino cade e le carte delle assurdità escono tutte insieme come vomitate. Oddio. Tutto cosí difficile. E mentre le raccolgo le carte pesanti e penso alla ferritina arriva un ragazzo pieno di foruncoli che fischia e ride.

«Ho una buona mira. Non c'è posto migliore dove un pallone possa stare.»

Mi guarda in modo strano, come se mi conoscesse. Raccoglie il pallone che è rotolato davanti ai miei piedi e continua a guardarmi. Forse l'ho incontrato in centro durante la manifestazione di sciopero oppure in stazione. Non mi sforzo di ricordare. Non mi interessa proprio.

Qualcuno dal campo grida Roberto e lui si gira seccato proprio mentre la dottoressa Sabrina esce dallo studio e mi chiama. Ho dimenticato il cellulare. Ma si può. Me lo restituisce e mi dice dài dài che tutto si aggiusta. Controllo subito se ci sono messaggi. Quando torno da Chiara il pallone è sparito. Ed è diventato piú buio.

Incidente

Sono gli sguardi a essere insopportabili. Gli sguardi. Non il resto. Perché non c'è altro attorno a me. Solo sguardi.

Niente parole. Semmai un brusio continuo da cui emerge ogni tanto qualcosa di comprensibile..

«Assicuraz...»

«Multa.»

«Non si sono ferm...»

«Preceden...»

«In due sul motor...»

Eppure parlano con me. E sento anche la mia voce rispondere. Ma è un altro Angelo. Quello non sono io. Io sento solo gli sguardi. Di tutti.

Dei vigili.

Degli infermieri scesi dall'ambulanza.

Della gente attorno.

Di chi ha fermato l'auto parcheggiandola dove capita viene solo per vedere.

Per vedere cosa? Ma che volete? Mai visto un incidente? Andate via teste di... Non avete di meglio da fare? Non c'è nemmeno scappato il morto. Anche se in questo momento vorrei esserci io lí, steso sull'asfalto, piuttosto che sentire quegli sguardi addosso a me.

Mi scappa da ridere. L'hanno detto anche quelli della TV locale che non valeva la pena se non c'era sangue in giro. Con la faccia delusa. E se ne sono andati imbufaliti per aver fatto un giro a vuoto. Qualcuno li ha chiamati, ha parlato di un incidente e loro si sono fiondati con telecamera e furgoncino attrezzato. E si sono ritrovati davanti, invece di sangue e pezzi di cadavere sparsi per l'asfalto, due deficienti con qualche sbucciatura. Perché il dio degli imbecilli li ha protetti. E un paio di vigili annoiati che facevano rilevamenti, cercando di spruzzare vernice gialla da una bomboletta chiaramente stanca di vivere.

Lo sguardo di papà e mamma.

Mi hanno visto ridere e probabilmente si chiedono se loro figlio sia sano di mente. Io comincio ad avere qualche dubbio. Non dovevano venire qui. Non dovevano. Lo sapevo. Ma cosa deve fare uno se è cosí cretino da farsi investire con il motorino da una signora anziana che se ne andava tranquillamente per i fatti suoi e che, per giunta, adesso è anche lei stesa in ambulanza per lo spavento che si è presa.

Telefonare ai genitori immediatamente. E immediatamente quelli arrivano. Il pirla che si è incartato è sempre loro figlio, in fin dei conti. E con una ragazza dietro, sul sedile, per giunta. Senza casco. Non che il pirla ce l'avesse.

«Per fortuna.»

Papà sta parlando con i vigili.

«Per fortuna cosa?» penso.

Vagli a spiegare che mi ha fregato la striscia bianca. O meglio, la mancanza di striscia bianca. Che ne sapevo che avevano appena asfaltato la strada e avevano ricoperto la striscia che indicava che dovevo dare precedenza?

L'avevo vista l'auto. Giuro che l'avevo vista. Veniva da sinistra. E quindi la precedenza doveva essere mia.

Avevo addirittura avuto il tempo di riconoscere il modello. Uno scassone di vent'anni prima. L'ho anche detto ai vigili.

E loro mi hanno indicato il maledetto cartello proprio accanto a me. Chiarissimo. Triangolo bianco bordato di rosso. Dare la precedenza. Pensavo di averla io la precedenza. La vecchietta ha pensato la stessa cosa. E aveva ragione lei.

Ci ha preso la ruota davanti, per fortuna. Se ci prende in pieno ci uccide. Ci rompe le ossa. Ma anche cosí... Non ho avuto nemmeno il tempo di pensare. Ho solo sentito il colpo e poi mi sono trovato sull'asfato. Con un unico pensiero. Che stavolta mi ero fatto male per davvero.

«Per fortuna sí...»

Questo è il papà di Nini. Mi guarda di brutto. E che avrò mai fatto a sua figlia. È là. È intera. Mi ha solo chiesto di riaccompagnarla a casa, dopo che...

Ma che cavolo di idea mi è mai venuta? Eravamo lí, alla festa. Avevo ballato con lei. L'avevo baciata dietro una tenda. Non mi sembrava vero. Avevo bevuto anche una birra o due. Erano ormai andati via tutti. Le parole mi sono uscite cosí, di botto.

«Dài! Vieni con me un attimo. Ti faccio vedere un posto bellissimo.»

«Dove?»

«Vieni.»

Cavoli! Ci avevo portato Costanza ed era andata benissimo. Ma cosa mi aspettavo! Che una come lei si rotolasse sugli aghi di larice cosí, per la mia bella faccia...

L'ho capito subito che era stata una fesseria. Ci sono le vipere, ha detto.

Ma mi ha anche detto che ero un cretino, che cosa credevo... che in fin dei conti ero solo un bambino. Che lei era abituata a ben altro.

No, veramente non me l'ha detto, ma la faccia schifata e il silenzio teso dicevano questo e altro. E allora le ho detto che l'avrei riportata a casa.

«È meglio» ha risposto. E c'era un universo di merda in quelle parole.

«D'accordo, non si fa di andare in due sul motorino, ma è stata una ragazzata.»

Sempre il padre di Nini, con la giacca e la cravatta. Sta parlando con i vigili.

Guardi, c'è gente in giro, ragazzi piú grandi, che a sua figlia hanno fatto ben altro che portarla sul motorino. Faccia attenzione a non ritrovarsela incinta. O impasticcata fino agli occhi. Quelli non ci vanno mica leggeri. È gente che fa già l'università. O che lavora. Quelli che lavorano sono i peggiori. Li conosci dalle auto. Sono auto di chi ha i soldi e può spendere. Non sono mica tutti spiantati come me. Che il motorino me lo sono fatto prestare da Roberto. E adesso è lí, schiantato contro un'auto parcheggiata.

«Siete due incoscienti.»

Non sta parlando con me, ma con Nini. Ma si vede che ce l'ha con me. Probabilmente non osa dire tutto quello che pensa perché ci sono i miei genitori.

Nini intanto è sempre seduta sulla barella nell'ambulanza. Si vede appena in mezzo ai due infermieri. Le stanno medicando una gamba. Eh già, aveva la minigonna strafiga. Mica la cosa piú adatta se cadi e vai a strusciare una gamba sull'asfalto.

«Va bene! Mi fido di lei. Le credo se mi dice che mia figlia ha solo qualche abrasione. Però mi faccia il piacere. La portiamo al pronto soccorso cosí là magari facciamo due raggi»

E perché non tre o quattro? Adesso sta parlando con uno di quelli dell'ambulanza. È proprio un deficiente. Chissà dov'è la madre.

«Guardi signor Giusto, non si preoccupi. Diremo che è caduta da sola. Ringraziando il cielo non è successo nulla di irreparabile. Ho già chiamato i genitori del ragazzo proprietario del motorino e mi hanno detto che l'assicurazione copre tutto. E cosí suo figlio non avrà grane.»

Adesso sta parlando con mio padre. Già, l'assicurazione. E cosí mi arrabbio ancora di piú perché dovrei anche ringraziarlo. Ma l'assicurazione non paga le riparazioni di quel catorcio che fino a mezz'ora fa era un motorino funzionante. Ci dovranno pensare i miei.

«Grazie.»

Questa è mamma. Ma si vede lontano un chilometro che il tipo non le piace. Se potesse se lo mangerebbe vivo. Per il disprezzo che mostra verso di me. Perché deve ammettere che sta risolvendo la questione molto bene, con la calma di chi è abituato a prendere decisioni. Anche i vigili lo conoscono, lo trattano con deferenza e fanno tutto quello che dice. E ha parlato con la signora anziana, l'ha rassicurata, consolata e l'ha fatta addirittura ridere.

Però mamma soprattutto mangerebbe vivo me. Per la situazione in cui mi sono cacciato. E in cui l'ho cacciata. E per i soldi che lei e papà dovranno spendere per far riparare il motorino di Roberto. Perché deve dire grazie a una persona che le sta sulle corna.

«Ahi!»

«Dài. Fatti vedere quel gomito. Muovi il braccio!»

Questo è l'infermiere, il medico o chi cavolo è. Mi maneggia il braccio come se fosse una pompa per l'acqua. Poi mi guarda le ginocchia sbucciate. I jeans li ha tagliati a metà coscia, per non farmeli sfilare in pubblico, tanto erano stracciati in modo inverosimile.

«Ti è andata bene. Non dovrebbe esserci niente di rotto. Comunque per sicurezza portiamo anche te al pronto soccorso. Il ginocchio lo guardiamo là.»

Andata bene un par di palle. Perché adesso, al pronto soccorso, c'è lo sguardo che brucia piú di tutti.

Costanza.

Non l'ho vista arrivare. E me la vedo lí, a pochi metri, che fotografa la situazione. Lo sguardo brucia un attimo su di me.

Poi su Nini.

Poi di nuovo su di me.

Okay! Non è necessario essere Sherlock Holmes per capire cosa è successo. Ma chi l'ha avvertita?

Mi guarda ed è come se fossi trasparente. Ma ci vedo dentro un dolore infinito. Poi si gira e se ne va. In silenzio.

Nessuno si è accorto di niente. L'infermiere si sta ancora dando da fare sul mio ginocchio. Brucia da morire.

Ma so che quel silenzio, quello sguardo bruceranno sempre di piú e faranno piú male del gomito sbucciato, del ginocchio ammaccato, dei rimproveri di papà e mamma che sono nell'aria e arriveranno sicuramente, appena avranno la certezza assoluta che non mi sono fatto niente, delle parole di quel rinco del padre di Nini, dei silenzi imbronciati di Nini, del cazziatone di Roberto, degli sguardi dei suoi genitori, delle prese per i fondelli di tutti.

Ho capito adesso quello che gli sguardi stanno dicendo. C'è voluto un attimo ma ho capito.

Sei un coglione... sei un coglione... sei un coglione.

E so che hanno ragione.

Sono un coglione.

Senza speranza e senza rimedio.

Le ragazze e i tradimenti

Consultorio ASL n. 3. Dott.ssa Claudia Marella. Finalmente svelato il mistero del nome o cognome. Riceve il lunedí e il mercoledí dalle ore 16,00 alle ore 18,00.

Fa angolo con il Pronto Soccorso, il consultorio. Cosí siamo qui. Nove gennaio. Strano nome. Consultorio. Per consultare. Magari ci fosse riposta all'interno un'enciclopedia segreta in cui c'è scritto cosa fare in questi casi. Non ho neppure il coraggio di chiederle cosa ha deciso.

Stamattina a scuola è dovuta correre in bagno un paio di volte. A vomitare credo. E ha le occhiaie profonde, solchi scuri che arrivano alle guance.

«Ma che diavolo sto facendo qui? Andiamo via, Costanza.»

«Ma perché? Forse ti può aiutare.»

«Figurati.»

«Lasciati aiutare da qualcuno. Se non vuoi dirlo ai tuoi, almeno fai questo tentativo.»

«Tailleur grigio è a una conferenza a Londra. Il chimico sta per scoprire una nuova molecola.»

Lo dice senza astio e senza cattiveria. È solo triste. È

solo abituata a cavarsela da sola. Ma questa non è una 'cosa'. Ha tutte le lettere maiuscole. È un CASINO.

La porta alle nostre spalle si apre. La dott.ssa Claudia Marella ci scruta un po' imbronciata.

«Ah, pensavo la giornata fosse finita. Okay. Avete appuntamento?»

È brusca nei modi. Autoritari. Sarà per questo che Chiara le porge il modulo e appoggia i suoi occhi al pavimento.

«Bene, vieni pure. No, tu stai qui. Aspetti buona buona la tua amica, okay?»

Chiude la porta e Chiara scompare insieme a lei. Ho quasi un sospiro di sollievo. Registro: se mai dovesse capitarmi di aver bisogno di un consulto, evitare dott.ssa Marella. Poi penso alla sorte di Chiara là dentro. In realtà ci sono solo due alternative. Non si va oltre. Ci ho pensato tutta la notte. Tenere il bambino e rovinarsi la vita, abortire e rovinarsi la vita.

Ma perché deve essere tutto cosí difficile? È vero si può scegliere, ma quanto si deve pagare? La sirena di un'ambulanza che arriva mi fa sobbalzare. Il lampeggiante acceso bluetta e proietta girotondi di luci. Mi alzo dalla seggiola scomoda e con due passi raggiungo la porta a vetri. L'ambulanza si è fermata davanti al Pronto Soccorso. Un infermiere scende e apre il portellone. Poi tutto diventa quasi frenetico, come in un film ad avanzamento veloce. Una barella portata da due con il giubbetto fluorescente, un'altra barella dove una ragazza sta semisdraiata con la minigonna fino all'inguine.

Ho voglia di girare lo sguardo, non mi è mai piaciuto spiare il dolore degli altri. Però qualcosa mi attrae. La prima barella. Sopra una coperta marrone, un giubbotto verde militare con le cerniere rosse. Identico a quello di Angelo. La barella sbanda un attimo per girare l'angolo e allora vedo i capelli. Inconfondibili. Oddio, Angelo. Cosa ci fa sopra una barella? Vorrei correre e invece perdo secondi minuti preziosi paralizzata dal terrore. Poi la maniglia sembra diventata di piombo e poi finalmente scatto. Attraverso la strada e seguo la scia lasciata dalle ruote di gomma scura della barella. Pollicino trova la strada attraverso il bosco incantato seguendo i sassi bianchi che diventano lucenti sotto la luna. Il Pronto Soccorso. Tre ambulatori. Due chiusi. Uno, due. Al terzo lo vedo. Si lamenta davanti a un medico che sta disinfettando il suo ginocchio. Oddio. Angelo. Cosa è successo. Vorrei chiamarlo, amore. Però poi vedo anche lei. Non ci sono dottori a disinfettare ma lei parla, chiama, geme. Un uomo le tiene la mano. Un uomo che le somiglia. Cosa sta succedendo? È strano, la prima cosa che guardo e che voglio annotare è l'ora. L'orologio quadrato sopra un armadio a vetri pieno di garze e scatole indica le 18,31. L'altra cosa che voglio annotare è il colore della minigonna: rosso tiziano. Sí, proprio cosí. La stoffa deve essere stata tinta con radici speciali mischiate al rosso d'uovo come facevano i pittori rinascimentali. Domani me ne compero una rosso incazzato. Nella migliore boutique del centro. Spero che il rosso incazzato lo facciano triturando le ossa sue e di quella là mescolate con il sangue fresco dei loro fegati.

Ah! Dimenticavo: che il disinfettante possa trasformarsi in aceto.

Dunque. 12 ottobre 1492: scoperta dell'America; 21 luglio 1969: l'uomo mette piede sulla luna; 476 d.C.: ha fine l'Impero Romano; 1814-1815: congresso di Vienna; 1452: nasce Leonardo da Vinci; la radice quadrata di 3441 è 107.

Okay, la memoria ha ricominciato a funzionare a pieno regime. Si vede che se sei incazzata veramente i neuroni lavorano al meglio. Bene. Farò un figurone all'interrogazione di chimica domani. Ricordo perfettamente anche le formule.

Maledetto. Maledetto. Ma no, la stupida sono io. Stupida. Ma tu sei carogna. Carogna. Rimasugli di qualcosa che era vivo. Le ciucciano le iene, le carogne. Come si fa? Ieri era... cos'era ieri? La porta si apre e me ne accorgo solo perché Chiara mi appare come una specie di fantasma con il lenzuolo bianco.

Chiara. Oddio. Forse è cattiveria allo stato puro. Eppure provo un senso di sollievo che non sia successo niente con Angelo. Che non sia successo fino in fondo. Guarda cosa si rischia. Diavolo. E ne vale la pena? Salamandra, questo è l'unico destino accettabile.

Usciamo, l'ambulanza si è spostata al parcheggio. Abbasso la testa e tiro dritto. Non dico niente.

«Ehi, cos'hai?»

«Io? Niente. Come è andata là dentro? Cosa ti ha detto?»

«Stronzate.»

«Già, stronzate. Tutti ne dicono.»

Carogna. Avevo scritto anche una cosa per te. Non una poesia per carità, però ci andava vicino. Parlava delle gru alle stazioni con tre occhi di nocciole e il sorriso degli angeli.

Una scemata, a pensarci. Brucio tutto appena torno. Brucio il foglio e magari la stanza e magari il condominio e magari la città e i bus 17 e i binari 12 e anche la stazione brucio.

«Per essere quella che non è incinta, stai da schifo.»

«Scusa, Chiara. Scusa.»

«No, e di che? Il mondo, vedi, gira lo stesso. E Dante mi mette nell'Inferno.»

«Sí, figurati.»

«Devi guardare dentro di te e imparare a conoscerti, a capire cosa vuoi fare, io non posso dirtelo, posso solo informarti sulle alternative: aborto. Non è pericoloso, un giorno o due di degenza, anestesia totale e quando ti svegli il problema è risolto, però il problema può anche iniziare solo allora. Capisci? Tieni il bambino: allora bisogna pensare a un programma.»

«Come a scuola?»

«Già, la scema. Guardare dentro e capire. Fosse semplice. Ho diciassette anni.»

«Non ancora.»

«E poi sai che c'è? Mentre mi parlava mi veniva in mente: 'stato interessante' e mi veniva anche da ridere. Io sarei in stato interessante. Di interesse. Dài, se ci pensi è strafigo. Prima non ero interessante, ora che sono incinta, sí. Quanti ragazzi farebbero la fila per stare con una ragazza interessante. Ci pensi?»

«Stronzate in piena regola.»

«Vabbè dài. Il tragico è che ha ragione.»

«Cioè?»

«Cioè ha detto stronzate vere. Devo dirlo ai miei.»

«Gesú.»

«Meglio 'Maria'. È stata una donna coraggiosa.»

«Chiara. Io...»

«Sí, lo so. Mi vuoi bene.»

«Tanto.»

«Bene, cosa diavolo ti è successo?»

Cosí, in mezzo al buio della strada, mi metto a piangere e a raccontare.

Ed è già mattina e so che sarà senza te. Neppure una telefonata, un messaggio. Tutta la notte quella maledetta canzone dentro la testa. «*Respiri piano per non fare rumore ti addormenti di sera ti risvegli col sole sei chiara come un'alba sei fresca come l'aria.*»

L'ho pure salvata tra i messaggi. Ho cercato su Internet le parole, le ho copiate e incollate in mezzo al diario. Ho comprato il CD e anche la cassetta e adesso come faccio a scordarmela? Io che ho la memoria di un elefante. Selettiva, la memoria è selettiva, dice sempre la prof. Pelli. La mia no. Perché adesso se seleziono 'Canc.' quella mica sparisce. E perché cavolo controllo di nuovo il cellulare? Messaggi. Almeno uno.

Niente. Meglio cosí. Tanto li avrei ignorati. O forse avrei risposto 'carogna'. Avevi paura vero? Macché paura. Adesso magari sei lí che pensi a minigonna color rosso tiziano. Stupida, stupida.

Mi alzo, mi vesto, colazione, ciao papà, ciao mamma. Immusoniti. Ognuno per i fatti suoi. Bah! Preparo lo zaino. Tutto senza te. Cioè d'ora in poi sarà tutto senza te. Tutto senza di te. Non potrò baciarti, raccontarti, toccarti. Mai. E mi viene il magone. Il dolore. È già finita? È già arrivato il dopo del dopodomani.

Chi era quella? Perché stavano insieme? L'infermiere parlava di un motorino. Forse il motorino di lei. Perché non si sono fracassati la testa? Perché non una frittata sull'asfalto, Tiziano ne sarebbe stato felice. Tutto quel rosso per dipingere capolavori.

Non piango. Io che ero andata sotto casa sua, tre fermate di treno, la cartina e mi ero persa un paio di volte senza avere il coraggio di chiedere informazioni e un cane randagio mi ha leccato le scarpe sul marciapiede. Volevo ricambiare quel CIAO bellissimo, col gesso bianco che anche se si era sbiadito per via della pioggia era riuscito a resistere nelle curve della C e della O e io avevo capito subito che era stato il mio alieno a farlo per me. Per fortuna non l'ho fatto. Avevo i gessi nocciola, ed era stata un'impresa pure trovarli, ma c'erano persone sotto la sua casa con davanti le magnolie. Lui era fuori dagli zii. Almeno cosí mi aveva detto. Ma sul piazzale del condominio c'era molta gente. Con quel freddo. Sono rimasta un po' ed era sempre un via vai. Mi sono data della stupida. Dovevo andare quando era buio. Non ci avevo pensato. Cosí i gessi delle nocciole son rimasti chiusi nella scatola di cartone. Però adesso ci torno, stasera, e ci scrivo CAROGNA.

Chi era quella? Maledetto, io ti maledico. Ma no, non mi va di maledirti. Va cosí.

«Mi raccomando la scuola.»

Papà è sulla porta con me. Dovrei chiedergli come va, ha gli occhi rossi perché sono giorni che sta chiuso in quella specie di studio di tre metri quadrati fin quasi al mattino a studiare, invece gli sorrido ed esco. Non ho compassione per nessuno. C'è pure un po' di sole. La neve è un ricordo. Natale è un ricordo. Anche Angelo deve diventarlo. Io odio i ricordi.

Le ragazze e il dopo del dopodomani

C'è un posto dove entrano i ricordi, lo so. È un posto tipo soffitta con le ragnatele e la polvere sulle cassettiere. Basta sgombrarlo, dare una pulita con l'aceto, spazzare e aprire le finestre per far entrare aria nuova. Aria di novità.

«Sí, professoressa, diceva...?»

«Dicevo, dicevo.»

E che cavolo diceva?

Si allunga sulla sedia, ha le scarpe con il tacco consumato da camminatrice. So che stava raccontando la vita disgraziata di Poe; mi sono distratta quando ha detto che dopo aver perso la moglie Virginia ed essere caduto in disgrazia economica, anni dopo aveva incontrato per caso il suo primo amore. Si guardano e si amano di nuovo. Lui è felice. Quattro giorni dopo lui muore. Qualcuno allora ha sogghignato: «È morto felice.» E io mi sono distratta pensando che nessuno muore felice, e Poe in particolare è morto da sfigato come è vissuto.

Perché io detesto i ricordi?

«Allora Costanza, vuoi farlo?»

Sento da dietro le spalle la Finici Antonella per niente mia amica che ridacchia fingendo una tosse che non ha. In classe si è fatto il silenzio delle grandi occasioni, di quando ci si aspetta il peggio. Sí, allora si blocca tutto: chi pensava ai fatti suoi si fa attento, chi copiava fa finta di interessarsi alla penna, anzi alla punta della penna; chi stava attento socchiude gli occhi per concentrarsi e non perdersi neppure un fotogramma.

Guardo Chiara e capisco che ha un attacco di nausea, cosí mi infilo nel tunnel. E mi ci infilo anche perché sono cosí arrabbiata col mondo che niente mi fa paura.

«Certo perché no?»

Sospirano tutti, sollevati. Sospira il muro, la cattedra la lavagna e il cestino delle immondizie, sospira il planisfero e persino il ragno che penzola in un angolo in equilibrio perfetto.

E che cavolo! E cosa avrò mai accettato di fare? La kamikaze? La guida alpina? La domatrice di pulci?

«Va bene Costanza, anch'io credo tu sia la piú adatta. Veramente non lo pensavo, fino all'ultimo tema. Lí è, come dire, emerso il tuo lato alto.»

Uhm. Lato alto. So di lati paralleli, perpendicolari, congruenti... mai sentito parlare di lati alti.

Nonostante la nausea Chiara sogghigna.

«Ti sei appena offerta di rappresentare la scuola a un concorso nazionale di poesia.»

Lo dice sottovoce ma la mia parolaccia vien fuori a un bel volume.

«Stronzate!»

Il silenzio continua, maledetto. La prof. mi guarda e diventa quasi rossa, poi dopo un tempo interminabile nel quale ci stanno dentro un sacco di disapprovazioni, respira e guardando un bottone della camicetta quasi declama: «Per me si va nella città dolente...»

La Finici Antonella per niente mia amica anzi mia odiosa nemica, ride senza far finta di tossire. Giacomo dagli occhi di pesce si gira e mi lancia uno sguardo di compassione. Grazie vorrei rispondere. Invece sto zitta. Chiara finalmente si decide ad andare a vomitare.

Io scrivere poesie? Ma quando mai! Io non lo so fare. Mi vengono alla mente le cose che so fare. Quali? Mi preparo a un elenco, invece rimango senza fiato. Cosa so fare io? Baciare Angelo. Questo sí. Ma forse rosso tiziano lo sa fare meglio di me. Anzi sicuramente. E allora? Giocare a pallavolo? Macché, cioè sono bravina, ma niente di speciale, niente di che. Non sarò mai una campionessa. Lo so. Non ho le qualità atletiche però mi diverto. Punto. Che so fare? La memoria... già, ma mica è qualcosa che so fare io. Quella viene da sé, senza comandi, senza grossi sforzi.

Oddio. Cosa sono io? Una che detesta i ricordi perché adesso se mi metto a ricordare la faccia di Angelo, le braccia lunghe, la giacca a vento verde marcio, gli aghi dei pini, i baobab e la luna sul sentiero, io piango. Io soffro cosí tanto che credo che dal corpo mi esca un qualcosa di solido, come il pianto di Chiara. E non è vero che lo odio. Non è vero. Purtroppo. Non ci riesco. Va cosí. Canc. Canc. Canc. Altro che poesia! Stronzate.

Alla stazione il binario 12 è vuoto. Sul tabellone degli arrivi è segnalato lo sciopero dei ferrotranvieri che è cominciato da un'ora e finirà fra due. Cavolo. Fai una poesia sugli scioperi, Costanza. Chiara è vicina a me che osserva il cielo. Si sta aprendo a un azzurro da brivido.

«Vorrei proprio una giornata cosí.»

«Per cosa?»

«Per abortire.»

«Cavolo!»

Ha le spalle quasi curve. Si sta nascondendo tutta. Sta rientrando dentro con tutto il dolore.

«Hai deciso.»

«Tailleur grigio ha detto che è la cosa migliore da fare. Non preoccuparti non si suiciderà né si strapperà i capelli. Ha messo le mani davanti agli occhi, le mani erano aperte e tra un dito e l'altro si vedevano pezzi di guance e di zigomi e poi ha sussurrato qualcosa come 'dio mio dio mio' ma a voce bassissima che dovevi andarci vicino con l'orecchio per sentirla.»

Mi vedo la scena. Poi la cancello. Chiara sta sottoterra e qualcuno con la pala aggiunge altra terra, fra poco scomparirà del tutto.

Non riesco a dire neanche una parola. Camminiamo tra i binari e il sole splende sopra le teste e sopra il campanile e sopra i treni in sosta facendo brillare tutto. Ci vorrebbe la pioggia a lavare via ogni cosa e invece.

«Dice che domani dovrò andare a fare le analisi e poi dall'anestesista. Ti fanno dormire e quando ti svegli è tutto come prima.»

Mi viene da vomitare un po'. Quella cosa che pulsava l'altro ieri nel monitor, una cosa di pochi millimetri quadrati che potrebbe diventare un bambino. I bambini hanno occhi spalancati, bocca, gambe sempre sbucciate, dita sporche di zucchero, braccia, sorrisi senza denti.

«Dice poi che fra tre giorni sarà tutto finito. Si è informata subito. Ha richiesto i moduli e li ha firmati. Papà non sa niente. Lei dice che è meglio che per ora non sappia. Gli manca un niente per la molecola da scoprire e questo forse, forse, lo distrarrebbe e poi chissà quando potrebbe capitargli di nuovo un'occasione simile. Tutta quella povera gente che aspetta la molecola. Ci pensi? No, non ne vale la pena.»

Ti prego piangi. Piangi Chiara. E invece lei non piange, come al solito. Cosí piango io per lei e la poesia che non ho mai avuto esce da me e si schianta da qualche parte lontano con il suono delle sirene della polizia e si frantuma nel fischio del treno. Lo sciopero sta per finire. Angelo arriverà presto. Al binario 12.

* * *

C'è silenzio a casa. TV spenta. Mamma tiene la porta della cucina chiusa, mentre fa scorrere l'acqua nel lavello. La luce filtra sotto la porta della camera da letto. Mi avvicino e sento che qualcosa sta per cambiare. Anche la polvere della casa ha subíto una specie di spostamento. Con la mano spingo la porta e vedo papà. Papà e un sacco di disordine nella stanza. La valigia è quasi piena e sta preparando uno zaino.

Mi vede e si blocca. Poi sorride. Stanco. Triste. Forse non triste. Malinconico. Malinconia e tristezza non sono la stessa cosa. Lo so. Acchiappo i suoi pensieri e so che mi vede piccola, magari con il ciuccio, magari con la varicella, magari con la noia per i denti che stanno spuntando, tutte cose che io ho perso e che ritrovo adesso nel suo sguardo pieno. Pieno di malinconie.

«Me ne vado via, Costanza.»

«Lo so.»

«Ma non me ne vado via da te.»

«Lo so.»

È quasi stupito. Vorrei dirgli che ho imparato un sacco di cose in un mese. Sembra strano, cosí poco tempo per tutte queste cose da imparare. Come immagazzinare un'intera biblioteca. Non riesco neppure a chiedere, perché le domande hanno tutte una risposta. E poi le cose da dire mi sembrano stupide.

Improvvisamente lo vedo quasi correre attraverso la stanza e ritrovo le sue braccia intorno a me. È cosí doloroso a volte stare vicini. Sí, lo è, quando si è lontani anche il dolore spesso si allontana.

Sento il rumore di una pentola che cade, il tonfo produce echi e poi tutto torna silenzioso. Senza TV, senza papà, senza un qualcosa che pulsa e senza Angelo.

Che schifo di giornata.

Quando le ragazze fanno il film

«Mi rifiuto di scrivere poesie.»
«Fa' come ti pare.»
«Non lo so fare.»
«Non l'hai mai fatto.»
«È vero, Chiara. Però poi adesso non mi sento. Sono cosí triste.»
«Dicono che i pensieri piú profondi si esprimono proprio quando si è a pezzi e si farebbe a pezzi il mondo.»
«Chi lo dice?»
«Bah! Forse il figlio di un macellaio.»
«Vedi? Sei la solita stupida Non ho voglia di fare niente. Niente. Uno schifo. Uno schifo di vita.»
«Già.»
«Va bene, la tua è peggio.»
«Mica dobbiamo fare la gara a chi deve diventare la martire dell'anno. A volte è proprio uno schifo.»
«Merdosa?»
«Assolutamente.»
«Tipo cacca di cane che pesti con i sandali bianchi appena comprati?»
«Ecco, cosí.»
È cosí seria che scoppio a ridere. E pure lei. Mica ci

trattteniamo davanti a una suora che ci guarda da sopra gli occhialoni con la montatura nera e ci soppesa e poi sorride, ma con un po' di sforzo.

«Suora sorridente ti prende male a un dente.»

«Questa è cretina.»

«Sí. Proprio. Allora?»

«Allora cosa?»

«La scrivi questa poesia?»

«Non ci penso neppure.»

«Bene. Sono contenta. Adesso farai la figura della solita ragazzina che frigna davanti alle prime difficoltà.»

«Accidenti.»

Chiudo gli occhi e penso all'angolo del cuore dove sta racchiuso tutto questo stupido dolore. Dove gli altri sono felici senza di me, dove nessuno sa che esisto, che sto qui con i capelli che sanno di pino e con in testa una canzone «*respiri piano per non far rumore...*» Gli occhi chiusi mi mandano immagini che fanno ancora piú male. E allora cavolo li riapro e tutto è finalmente sfocato. C'è un suono lontano. Dentro ci sono le sue risate e la voce di pistacchio. Poi il suono insiste e diventa un trillo. Il cellulare. Mi tremano le mani mentre apro la tasca esterna dello zaino e lo prendo, concentrata sul numero che appare. Non rispondo. Non rispondo. È lui. È LUI. Non è possibile. Chiara è davanti a me che respira forte per mandar via un'altra ondata di nausea. Non rispondo. Tu sei felice anche senza di me. Io no. Però. Smette di squillare nell'attimo che premo il pulsante di risposta. Il silenzio mi fa venire il singhiozzo.

«Che ti ha detto?»

Sto zitta, tanto lei ha capito.

«Perché non hai risposto prima?»

«Perché? Ma tu di bastardi non ne hai conosciuti abbastanza?»

La cattiveria vien fuori e neppure mi sembra subito una cattiveria. Però lo è. Le parole rimbombano nella stazione anche se non ho alzato la voce, ne sono sicura. Chiara è diventata di panna.

«Scusa, scusa. Ma lo vedi che cretina sono diventata?»

«No, lo sei sempre stata. Io ho conosciuto un bastardo. Magari Angelo non lo è. Magari ha solo preso un passaggio da un'amica e poi sono caduti e si sono ritrovati in ospedale.»

«Adesso sei tu che stai giocando alle coincidenze. A fare il film.»

«Il film. Già. Però potrebbe essere. Lui la voleva semplicemente come amica. Come altri amici. Sí, è il film.»

«E sí. Facciamo il film dentro la testa. Sono sicura che i ragazzi mica lo fanno.»

«Non hanno abbastanza intelligenza.»

«Ma dài. Siamo noi le cretine. Un film. Sí mi ha guardato, allora è come dire già innamorato e farà di tutto per scoprire come mi chiamo dove abito magari farà ricerche su Internet aprendo finestre su finestre e infine mi troverà e mi riempirà di lettere e fiori e io sarò il pensiero che lo sveglierà al mattino e quello che non lo farà dormire la notte.»

«E cosí posso ridere ed essere soddisfatta. Finalmente cinica. Terribilmente sarcastica. Ma dài Costanza, sei scema. Vieni, andiamo al binario morto.»

«Non vorrai mica...»

Mi metto a ridere anch'io mentre la seguo e la vedo sciogliersi i capelli dal laccetto. Quanto tempo è che non andiamo al binario morto? Un paio d'anni. Un secolo. Un pezzo di vita.

Non c'è niente al binario morto e ci arrivi graffiandoti in una siepe di non so che e scavalcando un muretto di mattoni rossi e screpolati.

Il vagone è sempre lí. Piú scuro per la ruggine che comincia a mangiarsi anche le scritte con lo spray che lo rendevano allegro. Un binario morto, un vagone morto. Niente, appunto.

Le porte sono chiuse, anzi accostate. I barboni ci dormono la notte e qualche tossico disperato ci si rifugia anche di giorno. Di entrare, neppure a parlarne. Cerchiamo le rotaie. Una per ciascuno. Un piede dietro l'altro prima tenendoci per mano come facevamo un tempo, poi staccandoci e trovando l'equilibrio mentre l'andatura aumenta. Come i sogni. Che vanno veloci, non si fermano finché non li spintoni via.

Sono quasi imbarazzata. È da tanto tempo che non lo facciamo. Il film verità. Non si possono dire bugie mentre corri sul binario e devi stare attenta a non perdere l'equilibrio. Non ci si riesce mica.

Comincio io. No comincia tu. Cominciamo insieme dài. Il film della nostra vita. Arriva e non ti accorgi. Mi accorgo, mica sono scema. Sí che lo sei. Non te ne accorgi mai. Lui è lí, l'altra metà. Ti guarda. E sai che ti entra nell'anima. Non ce l'ho l'anima. Vabbè, che ti frega. È un modo di dire. Ma poi sei sicura? Di cosa? Dell'anima? Vabbè, chiamalo spirito, cervello non utilizzato, settimo senso. Sesto senso. Eh no, quello è troppo sfruttato. Lo hanno messo nei film, pure. E questo cos'è? Non è un film? No, non lo è. È IL FILM. Ah, no, niente lettere maiuscole nel nostro film. Mi danno fastidio. Va bene. Allora è il film. Dunque ti guarda e poi si ritrae. Il gioco del dare e del togliere funziona sempre. Davvero? Te lo giuro. Cosí se all'inizio il cuore batte regolare, poi si volta e si rigira come se sentisse una mancanza. Mancanza di cosa, se neppure lo conosci? È appunto questo il gioco del dare e del togliere. Lo fanno i bastardi? Lo fanno un po' tutti. Per paura. I bastardi lo fanno per doppia paura. Cosí insomma comincia il gioco del Non. Non si mangia, non si dorme non si pensa agli amici. E ti pare vita? No, che non lo è, è come se ti togliessi un po' di vita sperando che arrivi il momento in cui ti verrà restituita con gli interessi. Già, è cosí... e poi? E poi arrivano i fotogrammi della dissolvenza. Chee? Ma sí quelli che i minori devono immaginare. Ah il sesso. Già. E com'è? Bello? Dipende. Dipende da cosa? Be' per esempio dal fatto che mentre sei in macchina, con il sedile sdraiato e i finestrini appannati, arrivi una banda di ragazzini a sgassarti intorno con i motorini. Ah! Ah! E allora? E allora si aspetta il buio. D'inverno è piú semplice, le giornate corte, il cielo nero. Quindi in inverno il sesso è piú bello. No, è piú semplice se non puoi andare in un hotel. E poi? E poi c'è la pelle. La pelle di chi? La tua, che sembra non possa sentire altro che la pelle di lui. È una specie di malattia, mentre ti lavi, indossi il maglione o gli slip. Già, una malattia. Cosí molte scene sono quasi dolorose. L'amore è doloroso? No, la prima volta un po'. Poi no. Ah! Ecco. E il film continua nella tua testa e ti vedi con il cellulare in mano perché è passata mezz'ora dall'ultima volta che lo hai sentito e non sai adesso che sta facendo se ti sta pensando o se magari guarda le tette di un'altra e cosí ti può prendere il desiderio incontrollabile di andarlo a cercare e quando lo vedi e lui ti vede si apre il cielo e ti aspetta l'arcobaleno. Questo è il film. Sí lo è. E invece? Invece lui lo trovi negli spogliatoi della palestra con un'altra che si leccano la faccia avvinghiati sotto la cipolla della doccia e un pallone che ancora si muove per forza di gravità e sbatte contro le scarpette di lei consumate sulla punta che spingono verso le mattonelle bianche per sorreggersi e in quella posizione scomoda il sesso è doloroso.

Schifo! Gianluca.

Già, lui.

Ho il fiato corto per la corsa. Non arrivano piú i rumori della stazione. Abbiamo i campi gelati intorno. Abbiamo un sacco di cose che vanno male dentro. Che fanno male. Mi viene da prenderla a schiaffi. E lo faccio. Gliene rifilo uno sulla guancia e lei non si ritrae e rimane tra le traversine ferma e con la guancia rossa. Finalmente piange. Piange Chiara. Meno male.

Quando le ragazze buttano i sogni

Porca schifosa miseria. I pantaloncini stanno troppo larghi sulle cosce. Devo essere dimagrita. Vado e vengo. Dare e togliere. Non dormo bene. Sogno di baobab e di motorini e di incidenti. Le stazioni senza treni. Una cosa tremenda. Come un bosco senza alberi. Maledetto. Maledetti tutti. I maschi. Sconvolgono l'ordine naturale del mondo.

Eccolo lí. Il mio grande allenatore. Cosa ci avrà trovato Chiara. Non è mica un angelo. E già perché gli angeli, invece. Cretina. Dolore al ginocchio. Ho stretto troppo i lacci. Mi sento cosí rabbiosa che strapperei a morsi la faccia di Gianluca. Sorride. Bene. Sorridi. Sii felice, sereno, tranquillo.

«Ehi Costanza, sei pronta?»

Che bella voce profonda. E già, ma lui è un uomo. Un venticinquenne. Chiara con un venticinquenne. E qualcosa di loro due, nonostante tutto, cresce ancora.

«Vi faccio allenare con la squadra maschile, tanto per stimolarvi un po'.»

Mi guardo intorno e vedo le mie compagne di squadra ridacchiare. Piace a tutte scontrarsi con i maschi, vedere i muscoli delle spalle irrigidirsi durante le alzate e le gambe flettersi e scattare. Altre gambe, diverse, altri muscoli. Cellule in realtà uguali alle nostre, ma combinate in modo diverso. Beatrice mi sussurra all'orecchio che non vede l'ora. Di cosa? Ma sí di perdere senza il senso del fallimento, perché sono maschi, o di vincere e di avere l'illusione di essere state piú forti e il dubbio di avere solo ricevuto un favore. Ma oggi non ho voglia di essere stimolata. Ho già abbastanza adrenalina da scontrarmi con uno squalo.

È la squadra di Grande Brufolo, urla Gianluca. Niente da fare. Questi combattono.

Diavolo! Proprio loro! Sono cattivi e nutrono una specie di piacere sadico nell'annientare l'avversario. Grande Brufolo è il capo. Ha la battuta micidiale. Una volta ha rotto il naso a uno con una palla presa di rimbalzo. L'ultima volta che li ho visti in azione sei mesi fa, hanno vinto contro una squadra già qualificata per le Nazionali. Grande Brufolo, come lo chiamiamo tutti, per via del fatto che ha piú brufoli che capelli, per festeggiare la vittoria ci mostrò il vero significato di salto mortale. Sette ne fece, tutti in sequenza: dalla quasi morte alla morte profonda.

L'evento mi ha quasi fatto dimenticare il mio allenatore. Lo guardo come se fosse la prima volta che lo vedo e lo vedo addosso a Chiara nella sua Mazda verde oliva, e lo vedo già con le occhiaie e pochi capelli in testa e l'alito cattivo. Lo vedo nel suo metro e settantacinque cadere dalla gradinata di un campo da pallavolo e rompersi le sue preziose ossa. Tutte. Nessuna assistenza all'ospedale. Solo come un cane rabbioso. Faccio il film. Ma questo mi piace.

Le altre sembrano concentrate sulla porta degli spogliatoi. Mi concentro anch'io. Arrivano sfilando uno alla volta, con le magliette nere e i calzoncini gialli. Ridono rilassati occhieggiando verso di noi. Grande Brufolo chiude come al solito la fila. No, Grande Brufolo non c'è. Come non c'è? Lui gioca sempre, anche con la febbre. Deve avere la peste per non giocare. Vedi Costanza che c'è una giustizia. No, non c'è. Cavolo. Chi è quello alto bruno che poco ci manca che corre verso il campo con la faccia seria quasi arrabbiata e senza neppure un brufolo? Grande Brufolo? Non è possibile. Viso pulito come un neonato. O quasi. Piú bello. La mascella è forte e sulla fronte una fascia trattiene i capelli.

«Come si chiama?»

Beatrice mi guarda e non capisce.

«Chi?»

«Grande Brufolo. Come si chiama in realtà?»

«Ah! Lucio. Si chiama Lucio. Il cognome non lo ricordo. Vuoi il numero di cellulare?»

La guardo cercando di incenerirla, ma lei già prende posizione in un angolo del campo e ride.

Cosí lascia posto a Gianluca che mi viene accanto e mi trattiene per le spalle. Vuole farmi mettere in posizione. Niente di piú. Eppure adesso quel gesto diventa una specie di aggressione, o forse ciò che cercavo da sempre per fare quello che mi va di fare. Costanza non combina sempre casini. Costanza è il casino. Costanza è salamandra che difende e si abbatte con rabbia sul nemico. Mi abbasso per prendere forza e allentare la ginocchiera che cosí scivola sulla gamba, ruoto e sollevo il ginocchio con tutta la forza che ho e lo pianto tra le gambe del mio allenatore focoso lasciandolo lí un momento di piú per far male, per far malissimo.

Lui mi guarda un attimo, prima che l'urlo arrivi io già sono distante e lo vedo, non in un film, accasciarsi a terra rantolando, tenendosi le mani aggrappate al basso ventre, il viso congestionato dal dolore.

Cavolo lo guardano tutti, immobili, in silenzio. Una vendetta miserrima, vedi prof. come ho studiato i superlativi assoluti?, ma assolutamente necessaria. Le salamandre sarebbero poco orgogliose di me. Loro quando ci si mettono sanno essere sapientemente spietate.

Grande Brufolo sembra trapassarmi con lo sguardo. I capelli sono incollati alla testa dal gel e non si muovono mentre corre verso l'allenatore. Cerca di capire. Tutti cercano di capire, nessuno capisce cosa vuol dire vedere un grumo battere il tempo del vento e poi sparire.

«Ehi tu!»

La voce mi fa quasi paura.

«Sei nello spogliatoio sbagliato.»

Cerco di sembrare disinvolta nel rispondere, ma in realtà vedere Grande Brufolo senza brufoli da cosí vicino mi rende inquieta. Devo dire che però è bello. Chissà quale lozione magica avrà usato per far sparire tutta quella roba dalla faccia.

«Lo so. Volevo sapere perché.»

«Perché cosa?.»

Mentre si avvicina neppure mi accorgo di arretrare. Mentre si avvicina sento un profumo di dopobarba simile a quello che usa papà, mentre si avvicina i suoi occhi rimangono incollati su di me e mi fanno sentire piccola. Tutti quei muscoli. Adesso magari mi insulta e mi prende a schiaffi e cosí domani che è il mio compleanno lo trascorro al Pronto Soccorso a nascondere i lividi con le bende.

«Perché hai bastonato sui... ehm... gioielli, Gianluca.»

Mi verrebbe da ridere se fosse un'altra occasione. Gioielli i testicoli, le palle. Ma davvero? Quelli di Gianluca? Ma siamo matti? Però adesso Lucio, ecco sí Lucio, è dannatamente vicino e riesco anche a vedere il rilievo delle vene sugli avambracci.

«Ti ha fatto qualcosa? Perché sai se ti ha fatto qualcosa di male, allora vado da lui e gliene rifilo un'altra di bastonata, con il piede però.»

Se lo facesse lo ucciderebbe. Non c'è niente di impossibile per Grande Brufolo. Però la voce si è come addolcita. Zucchero di canna, non troppo raffinata ma dolce. Il torace si muove come affannato sotto la maglietta nera. Mi ritrovo sudata. Poi vedo le vene da vicino. Tubi dove scorre veloce il sangue. Le braccia con i peli mi solleticano le guance. Perché no? Perché non dovrei? Minigonna rosso tiziano è lí a un passo dalla sacca ancora aperta con le magliette in disordine e il doccia schiuma alla vaniglia. Sta lí e si lamenta della sua gamba, del motorino rotto e del disinfettante che si è trasformato in aceto e le brucia la pelle candida e morbida. Io riesco a ricordare tutto, purtroppo, anche se la caccio via, verso il girone piú lontano dell'inferno.

Adesso arriva aria calda vicino all'orecchio. L'alito si sposta al collo. Mi vengono i brividi sulla schiena. Perché no? Mi lascio andare. Non c'è nessuno e anche se qualcuno ci fosse non me ne importerebbe niente. Grande Brufolo, cavolo, Lucio, lo spazzerebbe via con una mano.

Le labbra non sanno di niente. Però sono morbide. Improvvisa la lingua dentro la bocca come una saetta che spezza il cielo. Non mi fa schifo. Non mi fa niente, però. Non riesco a chiudere gli occhi e cosí vedo le sue palpebre abbassate. Perché non riesco a chiudere gli occhi? La luce dei neon li pizzica mentre mi bacia e per un attimo mi sento tranquilla. Contenta. Non sono salamandra. Non voglio esserlo, ora che il corpo si rilassa e si abbandona all'abbraccio. Ma gli occhi non si chiudono. Strano. Orribile. Dalla fronte di Grande Brufolo esce una specie di grosso bubbone. Ecco dove stavano rinchiusi tutti i brufoli! Strizzo gli occhi e li riapro. No, non è un bubbone. Sono nocciole, il guscio si apre e quelle rotolano come sassi tondi e tonfano in terra. Il rumore è terribile. Strano che Grande Brufolo non lo abbia sentito. E poi arriva l'odore di pistacchio e mi sento raggrinzire il cuore. Diventa piccolo e batte di meno. Gli occhi si riempiono di cose liquide e acide. Angelo. Sento il frusciare di ali, sento il suono del sorriso e la maledetta canzone arriva e si muove nella testa come una pallina matta: «*Respiri piano per non far rumore...*» Cosí mi divincolo dalla massa di muscoli e con rabbia do un calcio alla sacca che si rovescia.

Sento mani che battono verso il muro e ululati. Porca miseria. C'è tutta la squadra maschile nello spogliatoio a godersi lo spettacolo. Porca di una cavolo di miseria. Costanza combina casini. E adesso che faccio?

Compleanno

Bussano alla porta della mia stanza.
«Permesso?»
Tutto secondo rituale. È mamma. Ho riconosciuto il passo mentre percorreva il corridoio. Mamma è molto discreta. Non entra mai nella mia stanza senza bussare, se ci sono io. Dice che la privacy è una cosa sacrosanta e che ognuno ha diritto ai suoi spazi.
Una volta ho deciso di metterla alla prova. Al suo «Permesso?» non ho risposto.
Lei è stata in silenzio un attimo poi mi ha solamente chiesto: «Sei vivo?»
Un attimo dopo aver risposto di sí ho sentito i suoi passi allontanarsi.
Papà invece è diverso. Lui sostiene di essere un democratico convinto, ma che ci sono due istituzioni che non devono assolutamente essere democratiche. La scuola e la famiglia.
Però da quando non sono piú un bambino anche lui bussa alla porta della mia camera. Anche se la apre subito dopo. Prima che qualcuno possa rispondere in qualsiasi modo.
Comunque stavolta rispondo «Sí» e sento alle mie

spalle la porta aprirsi. Mi irrigidisco aspettando la domanda successiva. Che non potrà che essere un banale e scontato: «Sei ancora sveglio?»

Che poi in realtà è una idiozia. Perché lo vede benissimo che

a) sono sveglio

b) sono seduto davanti al computer.

Stavolta però la mamma mi sorprende.

«Angelo! Sono le quattro!.»

La voce è un po' stanca, ma non arrabbiata. La voce di chi si è alzato dal letto in piena notte perché ha visto accesa una luce che, secondo le regole e la norma, avrebbe dovuto essere spenta...

Non ha tutti i torti. Il computer in basso a destra segna le 3,58.

Non mi volto, non voglio vedere il suo viso. Non voglio che veda il mio, dove magari ci sono ancora tracce delle lacrime che non ho potuto fare a meno di versare verso le due.

La butto sullo scherzo, per sdrammatizzare un po'.

«Sbagliato! Sono le 3,58.»

«La sveglia suona alle sette» insiste lei.

«Lo so» rispondo.

In realtà voglio solo che se ne vada per poter continuare. Sento un sospiro. E la porta che immediatamente si richiude. Ha capito. Non mi chiede cosa sto facendo. Non è da lei. Papà magari lo farebbe, me lei no. Sono affari miei, visto che non sto rantolando, sono cosciente e lucido, non sto sniffando coca, né navigando in siti pedofili. Però ha l'ultima parola: «Guarda che giustificazioni non te ne faccio. E papà nemmeno.»

Tradotto in italiano corrente significa piú meno: «Stai pure su finché ti pare, ma a scuola domattina ci vai, anche se ti trascinerai sulle ginocchia come uno zombie rimbambito.»

Non rispondo. Sarò magari peggio di uno zombie,

ma non ho nessuna intenzione di dormire domattina. Né di stare a casa. Al massimo mi addormenterò sul banco in classe. Ma dopo. Prima avrò parecchio da fare. E per il momento continuo a smanettare.

Nel frattempo mi accorgo che dire domattina non è molto esatto.

Visto che ormai il computer segna le 4,30, sarebbe meglio dire «tra poche ore.» Infatti non è piú ieri. È già domani. Ed è il 1° febbraio.

Il compleanno di Costanza.

E io sto preparando il regalo per lei.

Eh già, il regalo. Improvvisamente le abrasioni del mio incidente cominciano a farmi male. Anche se stanno guarendo. E a volte non vorrei. È giusto che mi facciano male. Che mi ricordino quanto sono stato idiota. E anche perchè in fin dei conti il loro dolore tutto fisico attutisce il male che ho dentro. Non riesco nemmeno a guardarmi nello specchio tanto sto male. Perché Costanza non ha piú voluto parlarmi. In nessun modo.

Anche quando un mattino di pioggia mi sono alzato alle 4, ho preso il primo treno tra pendolari addormentati e sfatti e poi sono andato fino a casa sua. A piedi perché c'era lo sciopero dei bus e zoppicando a causa del dolore e dei cerotti che tiravano da tutte le parti. Volevo fermarla quando usciva di casa. Parlarle. Mi ero preparato mille discorsi e nessuno. Speravo che al momento opportuno sarei stato in grado di trovare le parole giuste da qualche parte nel mio cervello.

È stato inutile.

Mi avesse guardato come una merda, almeno. Una merda si guarda, anche solo per non calpestarla.

E invece no. È stato come se fossi trasparente. Una lastra di cristallo senza la minima macchia.

Mi è letteralmente passata attraverso, mentre suo padre, che doveva portarla alla stazione in auto, guardava tra l'incuriosito e lo stupito quel deficiente bagnato fino al midollo che chiamava sua figlia per nome e le correva dietro zoppicando vistosamente.

Però è stato un signore. Sono ripartiti e io ho preso lentamente a trascinarmi verso la stazione quando, dopo una decina di minuti, me lo sono visto accanto in auto.

Ha tirato giú il finestrino

«Sali» mi ha detto. «Se vuoi.»

Sono salito. Mi ha solo chiesto dove poteva portarmi.

Nessuna domanda e nessun commento.

Da parte mia sono restato in silenzio. Tanto non avrei saputo cosa dire. E mi bastava sentirlo accanto.

Avevo quasi un bisogno fisico di stare vicino a qualcuno a cui era stata vicina anche Costanza. Con cui Costanza aveva parlato. Che magari aveva toccato. Come se potessi, per interposta persona, farmi sentire da lei. Come se la persona che avevo accanto potesse conservare su di sé tracce importanti di Costanza e, dopo aver parlato con me, anche mie. Per lei.

D'altronde mi sarebbe stato comunque difficile rispondere. Nel caldo dell'auto mi sono addormentato in circa trenta secondi e quando mi ha svegliato per farmi scendere deve avere pensato che mi fossi fumato chissà cosa quel mattino, perché ci ho messo parecchio a ricordarmi dov'ero.

È stato in quel momento che ho deciso di fare a Costanza un regalo che non potesse rifiutare. Che nessuno, o quasi, aveva mai fatto a nessuna ragazza. Che la costringesse a dirmi almeno grazie. Solo quello. Che le facesse capire cosa è lei per me.

Ci ho pensato per una settimana, ogni momento. Con il risultato che ieri, 31 gennaio, alle 17,30 non le avevo ancora comprato niente. Perché non sapevo assolutamente cosa comprare e soprattutto non avevo un euro. I miei genitori mi hanno svuotato il conto in banca che i nonni hanno aperto per me qualche anno fa e su cui ogni tanto versano qualcosa. Per pagare i danni del motorino di Roberto.

Cosí dopo cena mi sono messo al computer. Solo per vedere ancora una volta la mappa della sua zona. E per aspettare un'idea che sapevo non sarebbe venuta.

Erano le venti, lo so perchè papà stava guardando Blob.

E adesso che ormai sono le 5, nove ore dopo, sono ancora qui. Un po' irrigidito e con formicolii dappertutto, ma quasi felice.

Cosí, tanto per fare, avevo iniziato digitando «Costanza» in Google.

667.000 risultati.

A partire dal sito di 'Forza e Costanza' - Società Ginnastica Bresciana.

Per continuare con Costanza d'Altavilla e il Concilio di Costanza.

E per scoprire che Costanza è una città della Germania e non della Svizzera come avevo creduto fino a quel momento.

Interessante, ma non abbastanza da suscitare qualche idea geniale.

E allora ho digitato «1° febbraio».

È comparsa la prima videata ed è stata una illuminazione.

Nei tanti 1° febbraio che si sono susseguiti nel tempo sono successe un sacco di cose.

Per esempio nel 1788 due bei tipi americani hanno brevettato la nave a vapore.

O nel 1881 sono iniziati i lavori per la costruzione del canale di Panama.

O nel 1919 a New York per la prima volta è stata eletta una Miss qualcosa.

O nel 1991 è finito l'apartheid in Sud Africa.

E poi che sono nati almeno 44 personaggi piú o meno illustri.

John Ford, per esempio. O Clark Gable. O la principessa Stefania di Monaco. Per non parlare di un certo Audrys Jouzas Backis, cardinale lituano.

E che ne sono morti una ventina, di personaggi. Piet Mondrian e Buster Keaton i piú famosi. In compagnia dell'intero equipaggio dello Shuttle esploso in volo qualche anno fa. Nel 2002, per la precisione.

Ma il 1° febbraio in Irlanda si celebra una festa, Imbolc, ed è il nome celtico della Primavera. È la festa della luce, del sole che torna, della primavera imminente. E si festeggia accendendo per alcuni minuti tutte le luci di casa.

E allora sono andato piú in là.

E ho digitato «1° febbraio 1989.» La data di nascita di Costanza.

E ho scoperto che quando Costanza si affacciava alla vita...

...alla Camera veniva approvata la legge n. 53 «Modifiche alle norme sullo stato giuridico e sull'avanzamento dei vicebrigadieri, dei graduati, e militari di truppa dell'Arma dei Carabinieri e del Corpo della Guardia di Finanza.»

E poi...

Costanza apriva gli occhi per la prima volta...

...e Giovanni Paolo II teneva una udienza generale sul tema 'Dal Sepolcro Vuoto all'incontro con il Risorto'.

Costanza cacciava il suo primo strillo...

...e a Trieste nasceva un tale che 16 anni dopo avrebbe scritto in un sito di metallari che i suoi interessi erano la musica, la birra... la musica, la birra... la musica, la birra... e avrebbe avuto come indirizzo e-mail caccamerdaculo@...

Decisamente, non il suo tipo.

Costanza riceveva le prime coccole...

...e nella Galassia a spirale M66 (NGC 3627) tipo Sb, nella costellazione del Leone, a 35 milioni di anni luce da noi, la supernova 1989B raggiungeva la magnitudine 12,2.

Costanza faceva la sua prima pipí...

...e a Pinzolo, in località Boldino, una casa andava a fuoco, costringendo i pompieri a intervenire.

Costanza si addormentava stanca per la fatica di nascere...

...e a Bonello, in Sicilia, faceva un capatina la Madonna, con tanto di miracolo dell'apparizione di due soli.

Quel giorno però dalle parti del Paradiso dovevano avere una agenda abbastanza fitta di impegni, visto che Gesú, mentre Costanza viveva i suoi primi sogni, faceva un salto dalle parti di Schio.

La sveglia! Le sette! Adesso fanno undici ore spaccate che sono qui. Mi fanno male i polpastrelli. Il sedere ormai sono ore che non lo sento piú. Le gambe non riescono a star ferme. La testa mi scoppia e mi gira. Degli occhi è meglio non parlare. Mi avessero buttato in faccia una palata di sabbia brucerebbero meno.

Papà va in bagno. La mamma comincia a muoversi.

Mi alzo e spengo il computer. Il video diventa nero con una specie di sospiro di soddisfazione. Le lucine della stampante mi guardano con astio. Non hanno tutti i torti. Ho cambiato la cartuccia tre volte stanotte e anche l'ultima stava ormai dando segni di evidente stanchezza.

Sparsi attorno, sulla scrivania, sulle sedie, sul letto, sul pavimento ci sono centinaia di fogli.

Comincio a raccoglierli e a metterli in quell'ordine che mentalmente ho stabilito mentre stampavo.

Non mi lavo nemmeno la faccia, anche se la visione dei miei occhi nello specchio del bagno mentre vado a fare pipí mi ha un po' spaventato. Se fossimo in un romanzo horror la definizione esatta sarebbe 'iniettati di sangue'.

Di colazione non se ne parla, malgrado le offerte di

mamma. Ho fretta. Prenderò qualcosa al distributore nel corridoio della mia classe. Saluto ed esco tra sguardi stralunati. Papà e mamma devono pensare che il loro figlio maschio, prediletto anche perché l'unico, allevato ed educato secondo i dettami di tutti i sacri testi della pedagogia progressista, deve essere impazzito.

Mi rendo conto che devo puzzare anche un po', ma devo essere il primo ad arrivare all'edicola, cartolibreria e legatoria che è davanti alla mia scuola, con il fascio di fogli ben ordinato. Devo evitare la ressa delle 7,40, quando tra giornali, quaderni, biro e fogli il negozio è impraticabile.

Mi manca solo la rilegatura per completare il libro. Un libro di non so quante pagine, in tutte le lingue del mondo, che ha per argomento tutto quanto è successo dappertutto il 1° febbraio 1989.

Il mio regalo di compleanno per Costanza.

Lo deve prendere. Non può rifiutarlo. Nessuno le farà mai piú un regalo cosí.

Anche se non so come farò a darglielo, se non vuole nemmeno vedermi.

Spero che... Non so nemmeno cosa sperare.

Nel libro c'è una pagina. Dice che per il 1° febbraio 2019 qualcuno ritiene possibile una collisione della Terra con un meteorite che non ha neppure un nome decente visto che si chiama (89959) 2002 NT7.

Chissà dove sarò tra 14 anni. Ma se lei non sarà con me, non mi importa piú di niente. In questo momento mi sembra che anche la mia vita sia iniziata il 1° febbraio 1989, quando è nata lei. E che tutto il tempo passato sia servito solo a prepararmi a incontrarla.

E allora mi sembra giusto che la fine del mondo, se deve avvenire, accada nello stesso giorno, sia pure trent'anni piú tardi.

Perché senza Costanza non mi interessa vivere.

Quando le ragazze hanno il compleanno

Il sole entra dalla camera. Deve essere tardissimo. Il 1º febbraio il sole sorge alle 7,32 e tramonta alle 17,22. Si stanno allungando le giornate. Neve di febbraio, festa nel granaio. Lo ripete ogni anno papà entrando piano in camera e portando il pacco con il regalo. Chissà perché. Chi l'ha mai visto un granaio? Il mio compleanno. Ho 17 anni. Età mitica. Bellissima. Uno schifo. Sono senza Angelo e ieri sera ho pure baciato uno che fino a pochi mesi fa aveva i brufoli al posto dei pori. Mi sento da schifo. Ma non perché ho baciato Grande Brufolo. Cioè, sí. In realtà perché l'ho baciato pensando a lui. Maledetto. Si è insinuato nella pelle. Come dice Chiara. Eppure non siamo proprio arrivati al massimo. E poi papà non c'è, quest'anno. Cambia tutto nel giro di poco. Domani, dopodomani, il dopo del dopodomani. Poi Stop. Pure troppo oltre. Quindi c'è il sole. Bene. Mi sento meglio. Stasera io e Chiara ce ne andiamo da sole in pizzeria e poi forse ad ascoltare musica nel locale accanto, dove suonano band di ragazzi senza club di fans e dove ogni tanto si può anche parlare.

La porta si apre davanti a una mamma con il sorriso. Sembra piú serena anche se triste da far pena.

«Auguri Costanza!»

Arriva a passi piccoli vicino al letto e mi bacia sulle guance. Ha le labbra morbide e un profumo di rosa.

«Auguri alla mia bellissima!»

La voce di papà. Lo vedo attraverso l'intreccio delle braccia mie e di mamma. Lo vedo cosí. Stanco, solo, felice. Ha in mano un pacco colorato di stelle e di lune con i nasi. Ha in mano il mio regalo di compleanno. Non mi va di scartarlo, non mi va di vedere nessuno. Penso a una gru e mi viene da correre via dalla trapunta calda, dalle lenzuola di flanella e dal mio pigiama largo. Però rimango. Sorrido. Dico grazie. Dico grazie. Scarto il regalo.

«Lo abbiamo scelto insieme, io e mamma» puntualizza papà come se fosse la cosa piú importante del mondo.

Scivola sul letto una cosa fatta di vapore di paillette di stoffa senza peso. Un vestito. Cavolo, chi lo ha mai indossato un vestito cosí? Soprattutto, chi vorrebbe indossarlo?

Notano il mio stupore e sbagliano a interpretarlo come tutti i genitori del mondo.

«Lo sapevo, non te lo saresti mai aspettato. Un vestito vero! Da principessa.»

Papà rincara la dose.

«Oh, sarai bellissima, Costa. Una nuvola.»

Vorrei un vestito da salamandra, veramente, ma non lo dico. Non è che adesso che si sono separati cominciano la storia del viziare i figli regalare sorrisi falsi e far finta di potersi ancora toccare senza provare un senso di solitudine.

Non dovete farlo per me. Non dovete. A me dispiace, ma non è la fine del mondo. Del mio mondo. Voi due siete altro. Come fate a non capire? Il mio angelo se ne è andato e lui era il mio amore vero e io ho baciato Grande Brufolo che fino a qualche mese fa mi faceva pure schifo, perché ero incazzata nera con minigonna rosso tiziano e con lui, e la mia migliore amica ha problemi grandi e veri. Non come me. Non come voi.

Mi guardano mentre sorrido e dentro piango e li bacio e mi guardano mentre tolgo il pigiama e infilo la nuvola e allora smetto di piangere dentro e infilo anche le scarpette da ginnastica consumate fino alle stringhe e con il vestito piroetto per la stanza e mi sento una cretina e una principessa.

«Ci vado a scuola, stamattina. Mi guarderanno tutti. Oggi è il mio compleanno. Oggi è speciale.»

Non dice niente mamma. Non dice mettiti scarpe diverse che quelle stonerebbero pure in un cassonetto. Neppure papà che esce piano dalla camera come se avesse paura di rovinare un momento cosí con il rumore di un respiro di troppo.

«*Respiri piano per non fare rumore...*» Mi faccio fare una lobotomia giuro. Tolgo i ricordi. Una vita nuova, da zero. Mi faccio togliere la mia memoria formidabile che tutti mi invidiano. Che ci fai con la memoria quando i ricordi graffiano il cuore? Che ci fai?

Preparo lo zaino con la nuvola addosso. Niente colazione. Non si mangia quando lo stomaco è bucato. Tutto passa via senza restare.

Chiara ha la faccia bianca di chi ha vomitato da poco. La stazione è tranquilla come piace a me. Stamattina è una stamattina di troppo. Ho 17 anni. Non sono incinta. Non ho neppure conosciuto il sesso, non fino in fondo. Non ho scalato il Monte Bianco, non ho mai visto un ufo, non ho mai mangiato la papaya, devo ancora fare molte cose. Senza Angelo. Lo so. Mi viene il tuffo dentro. Un altro buco nello stomaco. Ci passa anche una papaya intera, per il mio stomaco.

Mi guarda il capostazione e mi guarda l'operaio che

va in fabbrica e mi guardano anche le rotaie. Sono da guardare stamattina in abito da sera e scarpette da buttare.

Mi viene da alzare la testa e camminare piano. Chi cammina piano anche se va storto va lontano.

«Buon compleanno Costanza. Sei da scema.»

Rido di gusto e me l'abbraccio, la mia amica incinta ancora per poco.

Luigi mi fa cenni strani. Lo saluto con il braccio alzato. Mi chiama e mi avvicino al banco di arance e mandarini, le caldarroste adesso non le cuoce piú.

«Prendi Costanza, lo hanno portato per te.»

Ha tra le mani un pacchetto con un fiocco dorato e la carta di aeroplani e palloncini.

«Cos'è?»

«Ah, be', e io che ne so, non era mica per me.»

Mi guarda con una specie di sorriso dolce. Poi mi accorgo che invece si sta divertendo. Luigi con le caldarroste fa fumo senza soste. Stupida rima delle medie.

Già. Lo apro. Tolgo il fiocco, cerco di togliere la carta senza strapparla, poi la strappo e una copertina di plastica trasparente fa vedere un cuore enorme con dentro in blu la mia data di nascita.

Cavolo, e chi è che ha un cuore grosso cosí? Un bue, un cinghiale, un dinosauro con le coronarie piene di grasso di cammello?

Sto zitta e sfoglio. Il cuore riempie ogni spazio. Il mio cuore salta, zompa, rotola, si contorce, batte. Il mio cuore batte. Spirito delle stazioni. Che meraviglia. Leggo e sorrido: 1º febbraio 1989: nasce Costanza; la Camera approva un decreto: 'Modifiche alle norme sullo stato giuridico e sull'avanzamento dei vicebrigadieri, dei graduati, e militari di truppa dell'Arma dei Carabinieri e del Corpo della Guardia di Finanza.'

E poi...

Costanza apriva gli occhi per la prima volta...

...e Giovanni Paolo II teneva una udienza generale sul tema 'dal Sepolcro Vuoto all'incontro con il Risorto'.

Costanza cacciava il suo primo strillo...

...e a Trieste nasceva un tale che 16 anni dopo avrebbe scritto in un sito di metallari che i suoi interessi erano la musica, la birra... la musica, la birra... la musica, la birra... e avrebbe avuto come indirizzo e-mail caccamerdaculo@...

Decisamente non il suo tipo.

Costanza riceveva le prime coccole...

...e nella Galassia a spirale M66 (NGC 3627) tipo Sb, nella costellazione del Leone, a 35 milioni di anni luce da noi, la supernova 1989B raggiungeva la magnitudine 12,2.

Costanza faceva la sua prima pipí...

...e a Pinzolo, in località Boldino, una casa andava a fuoco, costringendo i pompieri a intervenire.

Costanza si addormentava stanca per la fatica di nascere...

...e a Bonello, in Sicilia, faceva una capatina la Madonna, con tanto di miracolo dell'apparizione di due soli.

Spirito dei treni, dei baobab.

«Ma che fai Costa, piangi??»

Mi guardo attorno. La stazione il treno l'operaio con la tuta Chiara Luigi dove sta il mio stomaco. Si sono chiusi tutti i buchi. Allora, allora.

«Avevi ragione Chiara. Avevi ragione. Non era come pensavo. Lui è davvero il mio angelo.»

«Ah! Vedi un po', la Costanza ammorbidita.»

Corro via, tengo il libro sul petto spiegazzando qualche morbidezza della nuvola. Corro e inciampo, l'orlo del vestito si strappa. Non importa. Corro ancora. Non posso correre di piú cavolo? Voglio le ali. Sento anche lo squillo di trombe. Il cielo si aprirà e uno gentile della schiera dei Cherubini mi porterà un paio d'ali. Oppure dall'Olimpo Mercurio avrà pietà di me e mi presterà i suoi piedi. Su per le scale. Corro per via Bonfigli, piazza Garibaldi piena di piccioni, la donna vestita di nero getta a terra le briciole del suo panino, via Cavour spintono uno con un cappotto arancione come si fa a indossare un cappotto arancione come si fa a indossare un abito da sera sopra a due magliette di lana perché altrimenti gelo come si fa a far andare piú veloci i piedi come si fa a essere cosí scema da non capire.

«Vedi quella? Ma è fatta.»

«Solo fatta? Ehi tu, ma dove credi di andare? Qui non ci sono balli stamattina, solo... balle. Ah, ah.»

La voce di uno con la cuffia di lana raggiunge le orecchie. Le risate di altri. Bene.

Ci sono. Liceo Tecnico Parini. Stanno entrando tutti. La campanella è suonata. Dove sarà. Dove sei. Dove sei. Finalmente! Vicino al portone di ingresso. È la mia gru, il mio pistacchio, il giubbotto verde. Arriva il flash, il giubbotto e minigonna rosso tiziano. Lo caccio via. Lobotomia parziale, tolgo i ricordi scomodi.

Un passo e sarà dentro. Spirito delle scarpe da ginnastica, aiutami.

Mi viene cosí di botto.

Mi fermo. Ho il fiato ancora per questo. Lo devo trovare. Riempio i polmoni e poi urlo con tutta la forza che ho. Lo strillo al vento che punge e trapassa la nuvola.

«Angelo ti amo.»

Compleanno sprecato

TꞀA

Rosso.

È un semaforo vecchio. L'ho sempre visto lí, davanti alla stazione.

ITИAVA

Verde.

Ha ancora le scritte 'Alt' e 'Avanti' per fare passare i pedoni.

Solo che le leggo al contrario.

E mi sento stupido.

Ma proprio stupido, stupido, stupido!

Stupido a star male per essere andato in motorino con Nini.

Stupido a soffrire per aver pensato di aver fatto soffrire Costanza.

Stupido a perdere la notte su internet per il suo regalo.

Stupido per tutto.

Anzi, odiputs.

Che mi ha fatto venire in mente uno che ascolta una serie di scorregge. Come io ho ascoltato Costanza.

E pensare che ero quasi felice, mezz'ora fa. Ero sicuro che il mio regalo sarebbe piaciuto a Costanza. Ed ero fiero per aver pensato di darlo a Luigi, l'uomo delle caldarroste. Cosí Costanza non l'avrebbe rifiutato.

Poi è arrivato Roberto. Era strano. Aveva la faccia di chi ha qualcosa da dire e non riesce piú a tenerla nascosta. Ma aveva anche un'altra espressione che mi ha spaventato. Una espressione che non gli avevo mai visto. Di chi sta per darti per la prima volta nella vita una brutta notizia.

E infatti l'ha sparata subito.

«Ieri tutta la squadra di pallavolo ha visto Costanza che baciava un certo Lucio.»

Fa una pausa.

Come per farmi digerire meglio la notizia.

Poi aggiunge.

«Negli spogliatoi femminili.»

Come fosse importante. E lo è. Perchè sugli spogliatoi femminili abbiamo sognato da sempre. Luogo di misteri, profumi e parole ineffabili e impenetrabili da cui noi maschietti saremmo sempre stati esclusi. E Lucio, o come cavolo si chiamava, ci era entrato. E aveva baciato Costanza.

E il mondo ha cominciato a crollarmi addosso. Lo so che lo dicono tutti. Mi è sempre sembrato una stupidaggine, ma è proprio cosí. O meglio, il mondo è sembrato sparire attorno a me. Sono rimasto solo io e la mia sorpresa dolorosa.

E l'insegna della pizzeria all'angolo invece è diventata ˋɒiɿɘzziqˋ. Dopo tanti anni.

Ma Roberto non aveva finito.

«E l'altra sera l'ho vista io uscire dalla ginecologa che ha lo studio vicino al campo di calcio. Era con una sua amica. L'ho vista e ho tirato loro il pallone addosso per vederla meglio. Aveva una faccia! Sembrava stesse per piangere.»

Mi ha guardato. Avevo la nausea.

«Poi la dottoressa è uscita fuori perché lei aveva dimenticato il cellulare. Gliel'ha dato, poi l'ha guardata in modo strano, le ha fatto una carezza sulla testa e le ha detto qualcosa come 'dài dài tutto s'aggiusta. In ogni momento nel mondo ci sono migliaia di donne che restano incinte'.»

Mi ha guardato. Spaventato.

«Cosa hai fatto? E non mi avevi detto niente.»

Ci ho messo un attimo a capire l'enormità della cosa.

Costanza.

Incinta.

E non sono stato io.

L'ho detto, come se fosse la cosa piú importante del mondo.

«Non sono stato io.»

Costanza un giorno mi aveva detto che le ragazze spesso si fanno il film. Ebbene me lo faccio anche io. Subito. Lí. Seduta stante. Davanti al portone della scuola in un freddo gelido che spella le mani. E non mi piace per niente.

È un mix di corpi che si avvinghiano come nelle cassette porno che ogni tanto abbiamo guardato di nascosto a casa di Roberto, del viso di Costanza appiccicato a tutte le donne e dell'illustrazione del libro delle elementari che spiegava la riproduzione. Tanti piccoli spermatozoi sorridenti che vanno verso un grosso ovulo pacioso e tranquillo. Ma l'ovulo ha la faccia di Costanza.

Ho soffocato un conato di vomito trasformandolo in un colpo di tosse. Non potevo vomitare lí, davanti agli studenti mattinieri, quelli che arrivano con il treno delle 7,13 e non hanno voglia di entrare fino alle 8,30. E poi dovevo tornare alla stazione e riprendere il mio regalo. Non volevo che finisse nelle mani di Costanza. Non poteva piú averlo. Non sarebbe stato giusto. E non volevo sembrare piú scemo di quello che sono. Già starà ridendo di me. Mi sono messo a correre. Fino alla stazione. Ma è stato tutto inutile.

Quando sono arrivato da Luigi mi ha guardato sorridendo.

«Che cosa le hai regalato? Ha fatto una faccia!»

Non l'ho ascoltato e me ne sono andato. Di corsa.

E ora sono davanti a questo stupido semaforo.

ITNAVA

Riprendo a correre.

Roberto mi segue.

«Cosa fai adesso?»

Me lo chiede tre volte prima che io risponda.

«Niente. Vado a scuola.»

Potrei marinarla, certo, ma a parte i casini per falsificare la firma poi cosa mi aspetta? Solo un girovagare a vuoto da solo per strade gelide fino all'ora di pranzo.

E non ho voglia di parlare con nessuno.

Ma appena entro a scuola sento la sua voce. È un grido.

«Angelo... ti amo.»

Stavolta il mondo non crolla ma si ferma. Si cristallizza. È un mondo di ghiaccio quello che ho intorno. Sono tutti surgelati e immobili intorno a me. Nessuno si muove. Nessuno respira. E lei mi corre incontro. Ci mette un tempo infinito a raggiungermi.

Ma se lei corre al rallentatore dentro di me nulla è rallentato. Anzi! Adrenalina a mille, cuore che sembra un compressore, il sangue che va ai piedi e poi ribolle verso il viso. Un crampo terribile dallo stomaco in giú. Nausea.

Si ferma davanti a me e non dice nulla.

Le guardo la pancia. Non è cambiata. Ma tanto lo so anche io che nei primi mesi non si vede niente.

E allora le faccio la domanda. Anzi la Domanda con la D maiuscola. L'unica cosa che ho urgenza di chiederle da quando Roberto mi ha parlato.

«È vero che sei incinta?»

Non risponde. Ma le vedo il panico negli occhi. Adesso è lei che arrossisce. Poi impallidisce. Abbassa lo sguardo e non risponde. Ma io non ho bisogno di parole per capire.

Non ho tempo di pensare a niente altro. Il conato stavolta è irresistibile.

E il primo fiotto di vomito finisce direttamente sui suoi piedi. È la colazione, certo. Banana, corn flakes e latte.

Ma poi c'è tutto il resto. C'è Costanza, la stazione, il bosco, i baci, le parole, i sorrisi, il cuore che batte, il regalo, la felicità di essere con lei.

E non smetto.

Improvvisamente sento una mano che mi regge la fronte. Faccio per schivarla. Non voglio Costanza. Ma non è lei, è la voce a rivelarlo.

«Stai tranquillo.»

La prof. Malatesta. Italiano. Ha due figlie e sa sicuramente come trattare uno che si sta sciogliendo in vomito.

Mi abbandono nella sua mano.

Quando ho finito, dopo un tempo interminabile, mi circonda le spalle e mi spinge verso l'interno della scuola.

«Quest'anno l'influenza gastro-intestinale è terribile. Vieni dentro. Poi vedremo.»

Mi sento vuoto, ma sono contento di aver vomitato, cosí le mie lacrime hanno una giustificazione.

Mi guardo in giro.

Vedo una selva di visi che mi circonda.

E la targa della scuola

oeciL ocinceT iniraP.

Costanza non c'è piú.

Le ragazze e i tam bum di un cuore

Il banco vicino al mio è vuoto. Vuoto. Chiara non c'è. Il seno le era cresciuto di una taglia. Ora tornerà normale. Non avrà piú le nausee e non vomiterà alla vista della maionese. Tutto come prima. Meglio cosí. Ha ragione 'tailleur grigio' non te ne accorgi neppure in fondo è stato un errore in fondo non è nulla e tu ti addormenti e quando ti svegli ti sembrerà un sogno.

Quel cuore quel grumo tam bum. Il mio cuore. Non batte come il grumo. Anch'io voglio addormentarmi e voglio che tutto sia un sogno lontano.

Lui si è girato, mi ha vista e ho guardato il suo stupore quasi doloroso. Quella domanda. Cattiva. E poi niente. Altro che niente. Mi ha quasi vomitato addosso. L'odore di acido e quelle cose a pezzetti che gli uscivano dalla bocca. Come dire sei piú schifosa del cibo dentro lo stomaco, Costanza... Gli altri ridevano, alcuni quasi imbarazzati, altri fischiavano.

Angelo ti amo. Urlato a squarciagola con un vestito da nuvola in una mattina di febbraio con il gelo appeso nell'aria.

E lui niente. Ha solo vomitato domande cattive. Perché allora? Perché quella cosa meravigliosa, il regalo che tutti vorrebbero avere. Maledetta me. Che ci casco sempre. Che mi affido e che mi sono innamorata di una gru che ha fretta di volare via.

«Costanza, allora?»

«Sí, prof.?»

«Sí, certo. Sono una prof. Da ventun anni, per la precisione.»

Ridacchia la Finici Antonella. Vorrei dirle di stare attenta perché io ho cominciato a picchiare forte e sono capace di mettere ko un allenatore di pallavolo, stronzo e pure tosto.

«Scusi, mi ero distratta.»

«Una vera novità. Allora la poesia, è pronta?»

La che? Ah la poesia. Chi se ne frega, vorrei rispondere. Invece, anni di educazione hanno la meglio.

«Sí, certo. Devo però... limarla.»

Adesso ridono tutti. Fetenti.

«Be', limala in fretta. La voglio entro mezz'ora.»

Fra mezz'ora forse il mondo finirà, non nel 2019, adesso. Il 2 febbraio 2006. Quindi perché prendersi la pena di inventare bugie e di scrivere poesie? La poesia fa crescere il progresso. Balle!

Lo sguardo mi cade sul foglio bianco capitato sul mio banco. Da dietro, il sussurrare di Giacomo.

«Metti giú qualcosa, come capita. Cosí la smette di stressarti.»

Mi giro e gli sorrido. Grazie. Metto giú qualcosa. Questo dolore almeno. Cosí se va sul foglio forse fa meno male. Se vanno sul foglio le parole graffieranno il cuore piú in superficie. Di nuovo i buchi nello stomaco.

La penna lascia i segni neri sul foglio bianco. *Confusa e stregata la luna...*

E poi non lo so, non lo so cosa mi prende. Quanto inchiostro ha ancora la penna? Quando una galassia si espande, perché non lo sentiamo? Perché lasciamo che le cose brutte accadano senza far niente e ci sforziamo quasi di buttare via le belle? Sono rare le cose belle. Anche il mio vestito di ieri era bello. Mi sono sentita ridicola tra i maschi del Liceo, però io so che era una cosa bella. Peccato che è tutto strappato. Chissà se si può aggiustare? E un amore che si è subito smarrito, si può ritrovare?

Non lo so, cosa mi prende.

«Prof., devo uscire.»

«Cosa?»

«Devo uscire.»

«Stai male?»

Mi dà l'idea.

«Malissimo. Devo tornare a casa. Subito.»

«Cosa ti senti?»

«Dolori dappertutto.»

E questa volta non è una bugia.

«Va bene Costanza, vai in infermeria. Se non ti passa, chiameremo casa. Ah, e dammi quel foglio, anche se non è limata.

«Grazie, prof.»

Esco. Quasi in punta di piedi volo per il corridoio, poi verso le scalette che portano all'aula di informatica. Piano terra. Bidello che legge il giornale. Non mi considera. Mi infilo nel bagno. Apro la finestra. Scavalco. Parte posteriore dell'edificio. Motorini legati con la catena sotto pini e faggi. Sono senza giacca a vento e il freddo arriva ad aprire un altro buco nello stomaco.

Devo fare in fretta. La clinica privata è dall'altra parte della città. Il motorino verde è senza catena, modello vecchio a pedale o a spinta, come quello di Angelo. Troppo vecchi per far gola ai ladri.

A pedale niente. Spingo per il viale e mentre lo faccio so di non avere patentino casco e neppure un documento. Ma non è un problema. Devo solo arrivare in tempo.

Si accende e salgo al volo, il manubrio sfugge e mi sfugge anche la vista, per un attimo. Non sono Costanza. Non lo sono. Adesso sono lo spirito dei motorini. Anche se è la prima volta che ne guido uno. E so che arriverò da Chiara. Dal tam bum di un cuore che cresce dentro di lei.

La camera, 12 come il binario. L'infermiera dice che non si può entrare. Le dico la prego la supplico. Cinque minuti. Solo cinque minuti. L'odore è uguale agli altri ospedali in cui sono andata per portare fiori a una zia, biscotti a un cugino operato di appendice. Eppure qui è tutto soffice. Qui si paga anche la luce che entra schermata dai vetri. Camera 10. Chiusa. Camera 12 chiusa. Busso. Nessuno risponde.

Abbasso la maniglia ed entro. Poi arretro subito e la schiena sbatte contro la porta. Tailleur grigio è seduta su una sedia accanto a un letto e tiene abbracciato un cuscino. Il letto è vuoto, la coperta bianca abbassata.

Solleva la testa e capisco che ha pianto.

«Ciao Costanza.»

Non rispondo. Voglio solo sapere dov'è Chiara.

Sembra leggermi dentro.

«È scappata. Chiara è scappata. Non capisco. Non ci riesco. Era tutto pronto. Pochi minuti e sarebbe finito.»

Mi sento sollevare. Non capisce. Certo è normale. Anche mia madre non capisce, vorrei dirle, che la poesia fa nascere le fabbriche di pane e di cioccolata. Lei non sente i tam bum dei cuori. Però sto zitta. Un po' di me la capisce. Ripercorro il corridoio mentre un medico distratto si avvia verso i distributori di caffè. Esco dalla clinica e ringrazio il vento gelido che viene dal nord, dalle montagne di neve.

La vedo lí vicino al motorino verde appoggiato al tronco di un baobab, che scema, di un albero che sembra morto.

«Ehi tu!»

Corro verso di lei che mi sorride.

«Ehi tu!»

«Ciao, Costanza.»

«Ciao.»

«Cosa ci fai qui?»

«Pensaci bene prima di farlo. I tam bum riescono a sentire le galassie che si espandono.»

«Sí, ci devo pensare, ho ancora un po' di tempo. E per favore non prendermi a sberle, giuro che questa volta te lo restituisco, il ceffone.»

«Ah ah ah. Non ci riusciresti.»

«Non provocarmi Costanza stupida innamorata di un angelo un po' cretino.»

«Molto cretino. E poi non mi vuole.»

E non le dico altro. Della frase che mi ha schiaffeggiato anche l'anima se ce l'ho. Quelle nocciole che mi guardavano e parlavano di cose strane. *È vero che sei incinta?* Avrei voluto rispondere subito, velocemente, ma no, ma no che dici, è Chiara che ha dentro di sé un tam bum. Invece no. No. Sono rimasta cosí, senza parole da tirare fuori come quando da piccola fissavo la cima degli alberi cercando di scoprire dove le farfalle diventavano fate. La leggenda che mi raccontava papà delle farfalle che quando muoiono diventano le fate buone proprio nello spazio tra la cima degli alberi e il cielo. Stavo per ore a osservare la farfalla in silenzio per non farla scappare sperando che morisse, eh sí, proprio una stronzetta, ma allora non mi ci sentivo, e che davanti ai miei occhi potessi vedere la fata buona che vive per l'eternità guardando il passaggio delle cose e delle persone senza distrarsi mai dal suo sorriso.

Cosí sono stata zitta. *Respiri piano per non far rumore.* E lui stupido a credere una cosa del genere. Non vale la pena spiegare se lui è cosí cretino da non capire che io sono davvero innamorata e come diavolo avrei potuto far l'amore con un altro se amo lui? Non vale la pena tradire un'amica per uno cosí. Meglio salamandra. Meglio fata cattiva. Fata eterna di una zanzara succhiasangue.

«Ma anche tu non è che ci vai leggera. Baciare Grande Brufolo?! Ma dài!»

Mi manca il respiro.

«Come fai a saperlo?»

«Lo sanno tutti. Una specie di bollettino ha informato l'intero quartiere. Penso sia stato lo stesso Grande Brufolo, orgoglioso di aver fatto cedere sotto il suo fascino uno schianto come te. E poi ho saputo. Hai fatto fuori... Gianluca.»

«Dio. Che casino. Forse è per questo che...»

«Ah ma tu sei specializzata in casini.»

La guardo dentro il maglione e dentro i pantaloni costosi di velluto. Cosí persa e indifesa. Il seno piú grosso e già una specie di accenno di pancia. E la testa alta sorretta da un collo diritto. Cosa ne sarà di lei? Cosa ne sarà di tutti. Se il mondo finisce oggi, non ci sono problemi. Vorrei però che Angelo sopravvivesse, solo disperato e con un senso di colpa infinito per avermi accusato di una cosa non vera. Fata cattiva.

«L'ho sentito. È per questo che sono scappata.»

«Cosa hai sentito Chiara?»

«Una specie di movimento, un guizzo leggero. Ma era dentro di me. Nella pancia. Dentro le ossa e dentro il sangue. Mi ero alzata dal letto spaventata e ho pure tolto l'ago della flebo. Sono andata alla finestra e ti ho vista arrivare zigzagando tra le macchine con un motorino rubato, perché tu non ce l'hai il motorino, e senza casco. Ho pensato che... ecco, che lei potrebbe essere come te. Potrebbe diventare amica di qualcuno e salvargli la vita arrivando su un motorino arrugginito, potrebbe combinare casini e innamorarsi di uno che vede alla stazione, potrebbe avere una memoria formidabile e scoprire la formula che fa diventare le parole poesie e cosí magari sfamare il mondo con fabbriche di pane o magari potrebbe solamente sorridere e far aprire un mondo.»

E mica si fa cosí. Mica si può essere piú dolci e piú malefiche. Ma sí, la abbraccio la mia amica incinta ancora per non so quanto e non voglio piangere voglio che sia lei a farlo.

«Se ti metti bene, ci entriamo tutte e due sul sellino. Però prima devo spingere e tu devi star pronta a salire. Okay?»

Non piange, ride. Saltiamo sulla sella spellata e la strada diventa un percorso a ostacoli. Chissà di chi sarà questo cesso di motorino? Me lo chiedo solo ora e mi viene da ridere. Deve essere di uno sfigato. Ora il freddo è totale. Ma lei ride ancora. Spirito dei motorini rubati, grazie.

«Ti porto a vedere l'acqua che va, Chiara. Te lo meriti.»

«Okay. Se i vigili prima non ci portano in questura.»

«Non preoccuparti di niente. Senti, se poi decidessi per il pancione e fosse una lei, appena mangia le pappette dalle la papaya, okay? Se fosse un lui, invece, non dargli mai e poi mai il pistacchio.»

Ospedale (Angelo... adesso)

Bar
Stop
Snack

Corri cretino! Corri!

Ma che cavolo le è preso?

Scendere sui binari mentre arriva il treno. Un Intercity, per giunta.

Come se facesse differenza finire sotto un regionale o un Eurostar.

Forse cambia il rumore che fanno quando cercano disperatamente di fermarsi. O forse cambiano solo dettagli di suoni in una sinfonia angosciante di cigolii e stridori. Con un «tuuuuuuuut» lacerante che urla sopra tutto.

Alle elementari mi hanno sempre detto che i treni fischiano.

È una bugia. Gridano, ululano e strepitano furiosamente. Per dire a una piccola imbecille di nome Costanza di levarsi dai piedi. Perché loro sono dei giganti buoni e tolleranti che non si fanno gli affari degli altri e non si muovono di un millimetro dalle loro rotaie. Ma non sopportano proprio che qualcuno occupi il loro spazio. Perché altrimenti sono senza pietà. Se invadi il loro territorio anche solo per sbaglio ti straziano con mille artigli d'acciaio.

Costanza non l'ho vista cadere. L'ho solo vista in piedi nel rumore del treno e nelle grida della gente. Poi è sparita.

Verso di lei un convergere di persone. Gente che si metteva le mani sulla faccia. Gente che urlava. Gente che gridava nel cellulare. Gente che girava dall'altra parte. Gente che scappava. Gente che si avvicinava con espressione crudelmente curiosa.

Le gambe, completamente scollegate dal cervello, mi hanno portato dove l'assembramento era piú fitto, dove avevo visto Costanza per l'ultima volta.

Poi è arrivata una donna, una borsa in mano.

«Fatemi passare. Fatemi passare. Sono un medico.»

L'ho vista inginocchiarsi accanto a un fagotto per terra.

Non ho potuto avvicinarmi di piú. Un gruppo di poliziotti si è messo subito a far barriera.

«Sgomberare, sgomberare. Non è successo niente.»

Come niente? È Costanza quella che è lí per terra. La mia Costanza. magari con le gambe maciullate. O la testa staccata dal collo. O tagliata in due in un lago di sangue.

Poi sono arrivati tre infermieri con una barella e un sacco di attrezzature. Di corsa. Un armeggiare veloce, sprazzi di camici bianchi e di giubbetti arancione con la croce rossa e sono ripartiti.

Sulla barella c'era come un cumulo di coperte.

Costanza.

Si vedeva solo il viso. Aveva gli occhi chiusi.

E sempre gente e poliziotti in mezzo.

Un'ambulanza. Sirene della polizia davanti a lei.

Luci lampeggianti.

E ora?
Mi sono messo a correre.

Panetteria
Ceramiche
Pasticceria

Le insegne mi accompagnano. Mi segnalano che sto andando avanti, anche se mi sembra di stare fermo. Come in quegli incubi in cui cerchi di scappare e in realtà non ti schiodi da dove sei.

Rosticceria
Caffè
Ristorante

Il fiato mi manca.
«Correte in modo che la frequenza cardiaca non sia né troppo alta né troppo bassa. Otterrete il rendimento migliore.»
Sí mister. L'hai detto mille volte. Ma chi se ne frega della frequenza cardiaca adesso. Questa è una lunga discesa senza palla lungo la fascia verso la porta avversaria. Che non arriva mai.
No invece!

Ospedale
Sosta Vietata
Pronto Soccorso

La freccia indica a destra.
Un'ambulanza parcheggiata. Due che chiacchierano.
Dove si entra?
Mi guardo attorno.
Uno dei due mi indica senza parlare un cartello.

Suonare il campanello

Potrei suonarlo respirandogli sopra, tanto ho il fiatone.

Mi apre una infermiera grassa e con la faccia simpatica e dolce.

Cerco di riprendere il fiato necessario per parlare, per chiedere, per sapere.

Balbetto.

«Hanno portato qui una ragazza?»

Mi guarda. «Quella del treno?»

Non ho la forza di rispondere. Faccio solo sí con la testa.

«Chi sei? Suo fratello?»

La strozzerei lí. Sulla porta del pronto soccorso. Ma chissenefrega di chi sono. Non lo so cosa sono. Dimmi come sta, stupida cicciona.

Ma riesco appena a fare no con la testa.

E allora ride. Ride forte.

Poi si scosta e mi lascia entrare, dandomi uno scappellotto sulla nuca.

«Ah, l'amore...» dice sempre ridendo.

E allora capisco. Capisco tutto.

Non si ride se una ragazza di sedici anni è morta. Non si ride se ha perso tutte e due le gambe sotto il treno. Si ride solo se sta bene. O quasi.

Sento la testa che mi gira. Mi appoggio a lei. Mi sostiene robusta.

«Dài! Non starai male anche tu vero? Abbiamo già troppo da fare.»

Poi mi indica una porta.

«Entra lí e aspetta. La tua ragazza non ha nulla. Solo qualche abrasione. E forse un braccio rotto. Comunque le stanno facendo i raggi e un po' d'esami per sicurezza.»

Entro come se nuotassi nell'aria spessa e gonfia di un odore di tristezza e medicinali.

Chiara. La sua amica.

Mi vede.

Mi viene incontro. Mi butta le braccia al collo. Piange. Balbetta.

«Sta bene. Sta bene. Il treno si è fermato appena in tempo. E un uomo si è buttato per salvarla. Adesso è di là con i genitori..»

Il suo cappotto è su una sedia. Lei ha una felpa e sento i suoi seni muoversi al ritmo del suo respiro ansimante contro il mio petto. Li guardo quando si allontana. Non le avevo mai visto due seni cosí...

La guardo meglio.

La pancia...

Chiara vede come e dove la sto guardando.

Sorride tra le lacrime.

«Sono io. Sono io. Non lei quella che...»

Non finisce la frase.

Poi la ricomincia.

«...quanta strada devono fare le farfalle per capire il loro destino. Non so ancora cosa fare. Cosa è giusto fare, per me... per tutti. Costanza sta bene, sai.»

La vedo cosí fragile e impaurita. Non capisco fino in fondo, ma adesso so davvero ciò che dicono tutti da sempre: niente è semplice.

Come ho potuto?

Cosa mi è preso?

Perché sono stato cosí stupido?

Mi siedo.

Una voce la chiama.

«Chiara.»

Una donna è sulla porta. Una Costanza piú vecchia. Diversa ma uguale a lei. Il viso stanco ma con una espressione raggiante.

«Se vuoi vederla e salutarla, vieni. Poi puoi andare. Le fanno una TAC per sicurezza, ma parlano già di mandarci a casa.»

Esco nel corridoio. È su una lettiga che una infermiera sta spingendo. Mi nascondo quasi dietro Chiara. Come se avessi paura di vederla e di farmi vedere.

Ma lei si accorge che sono lí.

«Ciao» dice.

Poi fa una pausa.

«Sei venuto?» chiede ed è una domanda inutile e bellissima.

«Di corsa» riesco a dire e sento la mia bocca aprirsi in un sorriso.

Poi dico qualcos'altro. Ma il cervello ormai deve essere completamente scollegato da tutto il resto perché non capisco nemmeno io quello che dico. O meglio. Ne capisco il senso perchè è quello che sento in fondo al mio cuore.

Mi sorride anche lei. Un sorriso che mi accompagna fino a quando scompare dietro le porte di un ascensore.

Sento una voce dietro di me.

«C'è un telefono qui? Ho il telefonino scarico.»

Una donna. Sta agitando un cellulare inutile.

Un'infermiera risponde.

«È lí. Accanto a quel ragazzo.»

Mi giro. Il ragazzo sono io e il telefono è proprio lí, vicino a me.

Leggo anche l'insegna che c'è sopra.

'Telefono'.

Costanza... adesso!

Ho visto morire la farfalla. Proprio proprio. Era lí un attimo prima che apriva le ali colorate con grazia e poi sopra il faggio vicina alla luce del sole obliquo ha come sussultato e ho capito che piangeva. Gli animali non piangono, figurati le farfalle. Chi non piange non ha l'anima, per cui, per un sillogismo che non fa una piega, gli animali non hanno l'anima.

La farfalla è diventata fata e le sue lacrime erano vere come le sue parole.

«Che ne sai tu dell'amore? Cosa puoi aver capito?»

Eh no. Io ho capito. Amore. Non ho paura di chiamare amore ciò che lo è. E lui lo è anche se è un po' stupido. Non importa però. Cammino e sorrido e saluto le persone e studio matematica e biologia e vado su un motorino rubato e prendo Chiara che ha un tam bum e scrivo numeri di telefono su finestrini di treni che vanno sul binario 12 e ricordo date e ricordo i sentieri con i baobab e la luna come una grossa meringa nel cielo, ricordo tutto e nel ricordare ho lui che mi culla nel cuore che a volte mi strazia e che a volte mi circonda e in quel momento mi va di non essere piú io per un po' per riposarmi da me e affidarmi fidarmi affidarmi per un po'. E vorrei che fosse un po' molto, se possibile.

Allora la fata non rideva piú cosí mi sono preoccupata.

Ehi, che fai, tu fata buona? Allora potresti, ti prego, prendere il biglietto del mio amore? Guarda non l'ha neppure convalidato. Per colpa mia, perché io ho baciato Grande Brufolo e lui ha creduto che avessi un tam bum che sente quando una galassia respira e si allarga per accogliere qualcuno che prima non c'era o meglio che si era perso in galassie diverse. Soffre cosí tanto il mio amore che non riesce neppure a capire che prenderà una multa perché i controllori dei treni non hanno voglia di ascoltare le storie. Devono fare il loro lavoro.

Però chi ama farebbe di tutto per non far soffrire il suo amore, anche magari scrivere poesie che non sa scrivere o cambiare la parte del suo mondo o forse cambiare il colore della luna perché diventi il colore dei suoi occhi o forse ancora svegliarsi con in testa una canzone che diventa parte di cuore e di stomaco in cui può passare una papaya intera, o solo avere il coraggio di chiamare amore ciò che lo è.

Poi la fata non l'ho vista piú però cavolo il biglietto di Angelo ce l'avevo in mano. Finalmente. In mano. È stata lei, ho pensato. La farfalla con l'anima. Mi ha portato il biglietto che ha la luce delle fate.

Volevo darglielo subito prima che il treno partisse e invece, non lo so non lo so. Perché sento un dolore in tutto il corpo, perché sento le urla e le grida? Non sono le voci delle fate. Però per fortuna qualcuno mi porta via il dolore.

«Come ti chiami?»

«Si chiama Costanza.»

«Signora, per favore, deve essere lei a rispondere.»

Le voci delle fate sono diverse. Una è la voce della mamma. L'altra è di questo signore che mi sta addosso e mi tocca le gambe la pancia e la testa e sento le sue mani saltellare su tutto il corpo e io sono distesa dove?

«Forza bambina, rispondi. Come ti chiami?»

«Come ha detto la mamma. A meno che non mi abbia cambiato nome negli ultimi giorni» rispondo seccata.

Lui ride. Non è affatto la risata delle fate.

«Ah, una bambina intelligente e piccante. E anche fortunata.»

Vorrei rispondere e chiedere cosa intende lui per fortuna. Perché una che perde il suo amore non mi sembra proprio proprio fortunata. Ma neppure so chi è. Poi vedo il camice bianco e lo stetoscopio che penzola sul petto e capisco. Un medico. Okay. Sono distesa su un letto e un medico mi visita. Mi viene il panico. Cosa è successo?

Lo penso, forse lo dico perché lo stetoscopio si abbassa e cosí vedo gli occhi del medico e penso che sono colorati con i pennarelli blu jumbo quelli a punta grossa che usavo alle elementari. Belli. Bellissimi. Non come le nocciole però.

«Sei all'ospedale Costanza. Volevi far deragliare un treno, ma dato che il macchinista aveva avuto in dono proprio ieri dal suo spirito guida un paio d'occhiali capaci di avvistare formiche a cinquecento metri, ti ha vista in tempo e ha potuto frenare prima di fare di te un frappè.»

Ride di gusto. Sento che mamma singhiozza.

«Su signora, scherzavo, si può scherzare, vero bambina?»

E dài con la bambina. Vorrei dirgli che ho quasi fatto sesso con Angelo in un bosco incantato. Però c'è mamma. Sto zitta, cosí lui continua.

«Se non fosse stato per un signore con la sindrome del salvataggio che ti è saltato addosso per proteggerti, ecco, credo che non avresti avuto neppure questo braccio rotto.»

Braccio rotto? Quale? Non sento niente.

«Tranquilla, è l'antidolorifico. Non sentirai niente per molte ore. Comunque il peggio è toccato a lui, cosí impara. Si fa per dire. Si è rotto una gamba, oltre al braccio. Per due mesi non potrà salvare piú nessuno.»

Ride di nuovo. Dio, un medico con l'umorismo nero.

Vicino a lui vedo Chiara che sorride, meno male. Chiara sorride. Si apre una nuova galassia.

«La prof. ha portato per te il foglio con la poesia da... limare. Devi limarla per domani, ha detto. La vuole per domani hai capito, scema? Ha detto che è bellissima e che domani scadono i termini del concorso. Ha pure pianto la prof. d'Ottavi che non piange neppure ascoltando i cori di voci bianche. Ha pianto e ha detto che una cosa cosí non la provava chissà da quanto. E secondo me neppure l'ha mai provata. Allora limala, Costanza delle poesie. Ricordi, memoria formidabile di una scema che crede negli alieni?

Ricordo, improvvisamente ricordo tutto ma proprio tutto. E cosí mentre ricordo lo vedo. Veramente sembrano due. Con tre occhi di nocciola ciascuno. Sei nocciole in tutto. E con quei sei occhi guarda il foglio spiegazzato che Chiara sventola a bandiera e so che i suoi occhi da alieno avranno già intercettato le curve nere sul foglio. Però non mi pento. Di aver scritto ciò che ho scritto e che ricordo sillaba per sillaba.

È l'antidolorifico, non preoccuparti. Questa è la voce delle fate. Ma no è la sua. Angelo. Angeli e fate due categorie formidabili. E vedo anche nella mia mano quasi chiusa, quella, credo, non del braccio non rotto, il biglietto del treno. Strappato in piú punti, ma c'è. Quindi non era un sogno quello della farfalla e della fata.

Purtroppo non è convalidato, mi andrebbe di dirgli.

Non preoccuparti di niente. Stupido stupido stupido. Perdonami Costanza. Ti prego, sono una specie di cretino, ma ho imparato. Io ti amo. Tanto.

La voce quasi non si sente eppure rimbomba come il trombone e la grancassa dentro lo stomaco che sta chiudendo i suoi buchi per non far passare le papaye intere.

Chiudo gli occhi e me lo gusto questo momento in cui qualcuno che non è un qualcuno qualsiasi ha il coraggio di chiamare amore ciò che amore è.

Angelo

Confusa e stregata
la luna
meringa sbriciolata
che ingrassa i baobab
del sentiero
dal cuore di uno parte
la mano che tocca
s'infila nel cuore dell'altro
e corregge il battito leggero

Confuso e cocciuto il cuore
non segue il comando
continua a correre sul sentiero
al suono di una canzone
che respira piano
al ritmo dell'andare di un treno
con i finestrini chiusi
bloccati da viti d'acciaio

Continua a sognare, il cuore
ingannato dai ricordi
soltanto un bacio dell'Angelo
sul sentiero
lo convincerà che adesso
è tutto vero.

12

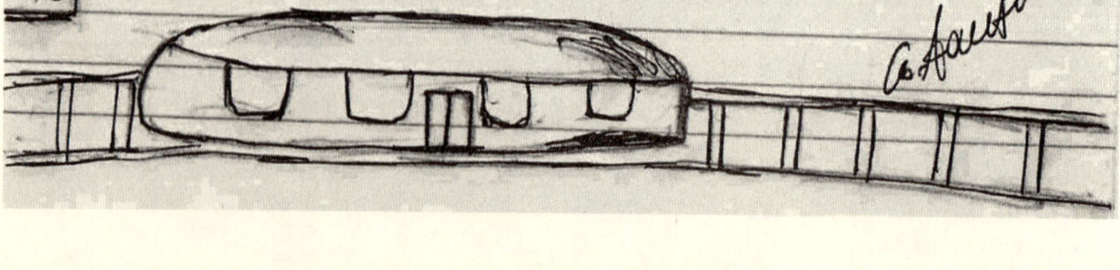

aznatsoC

atagerts e osufnoC
anul al
otalocirbs agnirem
bobrab i anarfni ehc
oreitnes led
etrop onu id oreuc led
occot ehc onam al
ortla'lled erouc len elifni's
oreggel otittab li eggerroc e

erouc li otaiccoc e osufnoC
odnomoc li eules non
oreitnes lus erenoc a aunitnoc
enozmoc anu id onous le
onaip aiupser ehc
onert nu id eradna'lled omtir le
ihcuic inizteniL i noc
oiaiocca'd itrev ad itaccolb

erouc li eaulos a aunitnoC
ihocir iad otannagni
olegnA'lled oicab nu otnatlos
oreitnes lus
onedo ehc àrenivnoc ol.

oiav ottut e

olegnA

La nuova collana *Teens* della Fanucci Editore

La collana *Teens* nasce dal desiderio di offrire occasioni di lettura, divertimento e riflessione a quei giovani lettori, a volte adolescenti a volte piú cresciuti, che spesso si allontanano dai libri perché non vi riconoscono il proprio mondo e i propri specifici problemi. La collana tratterà di argomenti legati all'amicizia, all'amore, all'affetto verso la famiglia, alla religione, al sociale, alla politica e al mondo della scuola, ma soprattutto racconterà i sogni e i desidèri di questi ragazzi.
E ci daranno una mano, in questa nuova avventura editoriale, autori italiani affermati e, piú avanti, anche autori stranieri; tutti uniti dal comune spirito di collaborazione e crescita che da sempre ci contraddistingue.

In libreria

Silvia Roncaglia

Caro Johnny Depp

Diario di una teenager pazza d'amore

Illustrazioni di Daniele Colaiacomo
Romanzo

192 pagine
Euro 11,00

"Io, ancora non te l'ho detto, Johnny,
sono una collezionista di frasi.
C'è chi colleziona figurine,
chi francobolli, chi tappi di bottiglie
o addirittura schede telefoniche.
Io colleziono frasi.
Frasi di libri, frasi di film."

Sara è una collezionista di frasi.
Sara ha la camera tappezzata di manifesti di Johnny Depp.
Sara ha il calendario con le foto di Johnny Depp.
Sara conosce tutti i film e ogni notizia sulla vita di Johnny Depp. Ma per Sara Johnny è qualcosa di piú: è l'interlocutore immaginario di decine di lettere dove lei si svela, s'interroga, racconta il suo mondo di quattordicenne alle prese con ideali, sogni, paure e problemi di tutti i giorni. Tra due fratelli, uno troppo adulto e saggio, l'altro troppo ingenuo e influenzabile, tra un'amica troppo grassa e una zia troppo 'psicologa', una madre troppo apprensiva e un padre troppo assente, si svolge la vita di Sara, troppo presa da Johnny Depp per affrontare la realtà. Finché un giorno…

È possibile ricevere il nostro catalogo
Fanucci News scrivendo a:
Fanucci Editore S.r.l.
via delle Fornaci, 66
00165 Roma
info@fanucci.it
www.fanucci.it

Stampato nello stabilimento grafico
«Legatoria del Sud» di Ariccia (RM)
nel mese di marzo 2007